ダンジョン配信者を救って大バズりした転生陰陽師、うっかり超級呪物を配信したら伝説になった 3

昼行燈

1192

口絵・本文イラスト　福きつね

C O N T E N T S

一章　【千年前の蔵】

LIVE

平安時代。

古びた寺で禍々《まがまが》しい呪力《じゅりょく》が空に漂《ただよ》っていた。

太陽は沈《しず》み、妖怪《ようかい》や悪鬼《あっき》が活発的に動き出す時間。

蝋燭《ろうそく》の明かりだけが、寺内を照らしていた。

数十体の妖怪は酷《ひど》く震《ふる》えた様子で、彼《かれ》らと目を合わせないように下を向いている。

翼《つばさ》の生えた鼻の長い男が、低い声音《こわね》で告げる。

「安倍晴明は、もう倒《たお》せんぞ」

酒を手に取ると、一口で飲み干した。

豪快《ごうかい》に酒を飲み干した妖怪の名は、阿修羅天狗《あしゅらてんぐ》。

最初に、この世に生まれ落ちた安倍晴明を警戒《けいかい》し、真っ先に殺すべきと提唱した妖怪であった。

そして、自身の強さを証明するため、人間界に降りては台風を巻き起こす災害を出していた妖怪でもあった。

ここに集まっている妖怪たちは、ただの妖怪ではない。

天狗《てんぐ》、狐《きつね》、鬼《おに》。日本三大悪妖怪と呼ばれ、歴代よりその名を引き継《つ》いできた大妖怪たちである。

その狐は炎《ほのお》の山を作り、その鬼は奈落にも続くと言われる大穴をひと踏《ふ》みで開けて見せた。

狐が扇《おうぎ》を開いて、口元を隠《かく》す。

「随分《ずいぶん》と弱気なこと」

「ハハハ！　弱気も何も、事実を言っているだけじゃ！　天狐《てんこ》、お前は晴明をどうするつもりじゃ」

「さぁ……私は別に、戦うつもりはありませんもの」

「……安倍晴明を、殺さねば我々は、滅《ほろ》ぶかもしれぬのだぞ」

阿修羅天狗は、ずっとこうなることを恐《おそ》れていた。

「だからと言って、あの頭のおかしい陰陽師《おんみょうじ》が傍《そば》に居ては何も出来ないでしょう」

阿修羅天狗が黙《だま》る。

事実、安倍晴明へたどり着くためには大きな壁《かべ》がある。

頭のおかしい陰陽師を倒さなければならない。もしも晴明が育ちきってしまえば、本当に文字通り手に負えなくなる。

阿修羅天狗の酔《よ》いが吹《ふ》っ飛ぶほど、思い出すたびに嫌《いや》な事実があった。

「そうじゃ！　そうじゃそうじゃ！　なぜあんな頭のおかしい陰陽師がおる！　なぜ晴明はよりによって、あの陰陽師の下へ行ったのじゃ！」

「天命、かもしれませんわね」

神が晴明を守るために、そうなる運命に仕組んだ、と天狐は言っていた。

「はぁぁ？　常識も知らぬ陰陽師がか⁉　あやつ、陰陽師の中だとぼっちではないか！　前に戦った陰陽師から、ソラとやらの情報を引き出そうとしたら、『名前を言ってはいけない』とか、『関わったら頭が狂《くる》う』などと言われておったぞ！」

常識知らずの陰陽師。

それは妖怪の中でも通説であった。

しかし、ソラの情報を知っている者はほとんどいない。

なぜならば、ソラと対峙《たいじ》した妖怪は――すべて居なくなっているからだ。

その癖《くせ》、出てくる情報は気狂《ぐる》いばかりであった。

「……このままでは、我々は滅ぶぞ。女狐よ」

「そう言われましても。陰陽師に興味はございませんし」

「自己中な女狐め」

「女は身勝手な方が可愛《かわい》いものです」

阿修羅天狗はため息を漏《も》らす。

ああいえばこういう、そんな様子の天狐に腹を立てても無駄《むだ》である。

「……だが、儂《わし》の子ならば、頭のおかしい陰陽師に届くかもしれぬな」

瞼《まぶた》を鋭《するど》くさせ、阿修羅天狗が微笑《ほほえ》む。

「儂の子は、この世で最強の天狗であるからな。ちっと頭がアレだが」

「千年天狗……ですか」

「そうじゃそうじゃ！　カハハハ！」

自慢《じまん》げに、阿修羅天狗は五枚羽の羽団扇《うちわ》を仰《あお》いだ。

のちに、阿修羅天狗の自慢の子は、成長した晴明によって封印《ふういん》されることになった。

千年天狗の名は、妖怪たちからも忘れ去られることとなる。

＊

千年天狗が封印されたのは、千年も前のことである。

いくら天まで名を轟《とどろ》かせた安倍晴明といえども、千年もの封印は永久に続かない。

腐敗《ふはい》し、綻《ほころ》びが起き、それは千年天狗の付け入る隙《すき》となる。

地元の間では、いまだに天狗がいるとされるとある山々。その一角に、千年天狗はいた。


現代。

御影家の屋敷《やしき》にて御影アカリは、パソコンでソラの配信を見ていた。

その画面の向こうに、ワイプで通話中のダンジョン配信事務所『陰陽《おんみょう》』の参謀《さんぼう》である神《かん》崎《ざき》サクヤがいた。

「で、サクヤ。私もこれと同じことする訳？」

「したいのか？」

「えあ……ん～」

アカリが言葉を濁《にご》す。

「安心しろ。私はお前にそんなことは求めていない。ソラママ小僧《こぞう》は一人で十分だ」

「あんたが言うと重みが違《ちが》うわね」

アカリは少し悩《なや》んでいた。

『陰陽入り』したものの、どういった方向性で配信をするかは非常に難しいところだった。

「アカリ、御影一族の本家でしかできない話はどうだ？」

「まぁ、うちは現代ではお祓《はら》いや悪霊《あくりよう》退治……それに準ずる仕事をしているから話題はいっぱいあるけど……」

サクヤが目を細める。

「実は……ソラの言う陰陽師と、私たちの知っている陰陽師は何かが違う。御影家なら、それが何か分かるんじゃないのか、と思ってな」

「陰陽師の最盛期《さいせいき》は千年以上も前のことだから、ちゃんと文献《ぶんけん》が残ってるかは怪《あや》しいけど」

アカリにとって、御影家についてはあまり興味がなかった。

その資産は多くあるとは知っていても、特別お金に興味がないアカリにとっては、人生で責任が重くなるだけのものだと思っていた。

「あっ、そういえば安倍晴明から受け継いだ物を守れ、って言われた奴《やつ》が代々続く蔵にあった気がする」

全く信じていない様子でアカリが続ける。

「まぁ、そんなこと信じてないけど。それにそんな大昔の約束を守ってるとか、信じられないけどね」

配信しても何も面白《おもしろ》くないと思うけど、とアカリが呟《つぶや》いた。

「……いや、意外と面白いかもしれないぞ」

サクヤが悩むそぶりを見せた。

「陰陽師関連の物があって、それを配信する……ソラの正しい陰陽師を広めたいという考えともマッチしている」

「でも、あまり期待しない方が良いかも。だって、平安時代って千年も前でしょ？　何も残ってないわよ」

＊

俺《おれ》こと、上野《うえの》ソラは御影家へ足を運んでいた。

「ここが蔵？」

今日の配信はダンジョン配信ではなく、アカリの家にある蔵を開けることだった。

ふむ、アカリから晴明が何かを残したって聞いたけど……。

俺は手首を押《お》さえながら、僅《わず》かに微笑んだ。

そうか。晴明が残した物は日記だけじゃなかったんだ。平安時代で、俺は多くの課題を残したまま亡《な》くなった。

晴明はたくさんの苦労をしたはずだ。

サクヤが手を振《ふ》って叫《さけ》ぶ。

「ソラ～！　もういけるぞ～！」

「うん！　始めて良いよ！」

晴明が蔵を守れ、と御影家に命令したのには意味がある。

この蔵に何を残したか見たい。まぁ、配信しながらになるけど。

陰陽師には封印する仕事もあるんだよ、戦うだけじゃないんだよって、みんなに教えたいしね。

「でも、晴明とは無関係のあんたが入っても意味あるのかしら」

「いや、無関係じゃないよ」

だって、晴明のことを育てたの俺ですもん。そう思い、懐《なつ》かしい記憶《きおく》を思い出して行く。

『靴下《くつした》を脱《ぬ》ぎっ放しにしないで、とあれほど言ったじゃありませんか！　私がいつも片付けてるんですからね!!』

あれ。

『苦手な野菜もちゃんと食べてください！　お肉ばかり食べているではありませんか！』

あれ？

『いつまで寝《ね》てるんですか！　仕事ですよ！』

あれれ？　……うん！　晴明は俺が育てた！

「よし！」

「どうしてその顔で、何を思ってよしと言ったの……？」

もう良いじゃないですか、過去のことは水に流してさ。

晴明もきっと笑って許してくれるよ。ほらほら、配信に集中しましょう！

俺は人気配信者なのですから。

都合の良い時だけそう流すことにした。

〝配信きた～！〟〝ソラマメの配信だ！〟

「こんにちは～。どうもソラマです～」

本日行う企画《きかく》を簡単に説明する。

サクヤの技術はやはり一級品で、アカリの身バレ防止のために徹底《てってい》した対策を取ってくれた。

蔵と俺たち以外はすべてモザイクを掛《か》け、外部の音も遮断《しゃだん》している。

「今日はですね。御影アカリさんの家にある古い蔵を開けてみよう、って回なんです」

〝ここにきて一匹狼《いっぴきおおかみ》の将軍が、ソラに懐柔《かいじゅう》されたか〟

〝古い蔵なんか、何があるの？〟

〝将軍！　将軍！　将軍！〟

〝変なの湧《わ》いてて草〟

〝アカリの配信一発目がこれは嬉《うれ》しい〟

将軍のファンも来てくれたようで、視聴者数《しちょうしゃ》はどんどん上昇《じょうしょう》していく。

当の本人であるアカリが慣れた様子で、鍵《かぎ》を見せる。

「まぁただの蔵よ。レアものが眠《ねむ》ってたらいいわね、くらいね。視聴者のみんなが期待しているようなものが出てくると良いけど」

〝小判〟〝日本刀とか〟

〝鎧《よろい》とかかもしれないぞ〟

俺は正直、その様子に驚《おどろ》いていた。

前々から、配信とかに抵抗《ていこう》感はないとは思って居たけど……随分と慣れてる様子だ。

カツさんは最初の配信の時、初めてお化け屋敷に入った人みたいなリアクションだったのに。

〝将軍の⁉〟

目を丸くして見ているとと俺の心中を察することができたのか、アカリが答える。

「ん？　あぁ、私は冒険者《ぼうけんしゃ》インタビューだったり、雑誌とかでたまに取材を受けてるから。何かに撮《と》られるってのは慣れてるのよ」

「ほえ～！　高校生なのに凄《すご》いね！」

「あんたも高校生でしょうが……」

そうでした。

〝高校生にしちゃ、凄いよな〟

〝こいつら、高校生の枠《わく》に入り切ってないからな〟

〝どっちも億稼《かせ》いでてもおかしくなさそう〟

〝ソラの雰囲気《ふんいき》って有名人って感じしないよな～、そういうとこ凄い〟

これまでやってきたことを思い返すと、たまに高校生であることを忘れてしまう。

そろそろ夏休みかな、などと呑気《のんき》に思っていたら、アカリが蔵の鍵を開けようとしていた。

……？

それにしても、晴明がただ物を保存しているとは考えにくい。他に何か封印している

どちらにせよ、千年近くも前に封印を施《ほどこ》された蔵ならば、どこかの封印が解けかかって

いてもおかしくはない。

それらがないかは確認《かくにん》しなくちゃいけない。

蔵を開くのを待っている間、俺は体育座《ずわ》りしながらコメントを読んでいた。

〝そういえば、ソラって術式何個まで使えるの？〟

〝それ俺も気になってた〟

〝前に聞いたけど、途中《とちゆう》で途切《とぎ》れちゃったもんな〟

「うーんとですね。俺の知ってる人間だと素で第十四術式まで使えて、とんでもない才能の持ち主なんですけど……」

〝マジの化け物で草〟

〝ほんまにそいつ人間か？〟

〝ソラですら第七術式までしか使えないって言ってなかったっけ？〟

〝じゃあソラは使えないのか〟

「素では第七術式ですね。でも、第十四術式まで使えますよ」

〝どっちだ⁉〟

〝えぇ？　自分も化け物って言ってる？〟

「アハハ、でもちょっとした工夫《くふう》が必要なんです。道具があれば、使えます」

〝ゲームでいう所の拡張パーツみたいな感じか〟

〝元の性能に新しい装備をくっつけて戦うってこと？〟

「そうですそうです！　みなさん凄く分かり易《やす》いですね……！」

素直《すなお》に褒《ほ》めると、コメントで純粋《じゅんすい》に喜んでいるような内容が流れた。

だって俺は、素の能力で第七術式までしか使えない。

俺は第七まで。

晴明は第十四まで。

この差は、その人間が生まれ持った才能や器によって変わってしまう。

大抵《たいてい》の人は第五術式までだが、器がある人は第七術式まで。

そして、才能がある人間であれば第九術式までも使える。

ふと、昔のことを思い出してしまう。

「懐かしいなぁ……俺が肩《かた》並べてた人たちはですね、みんな第十以上までは素で使えていたんですよね」

〝ふぁ!?〟

〝えっ、ソラよりも基本性能高い人多かったの……？〟

〝どういうこと？　どこにいるのそんな化け物集団ｗｗｗ〟

思い返せば、よく彼らと肩を並べていたものだ。

トップクラスのみが集まる陰陽師の会議は、俺だけ肩身《かたみ》が狭《せま》くて、部屋の隅《すみ》っこで体育座りしていた記憶がある。

これが疎外感《そがいかん》か～、なんて思っていた気がするよ。

当時は、どうしてみんな俺から距離《きょり》を取っていたんだろう……ソラマメ豆腐《どうふ》妖怪《ようかい》なんて言われてた気もするし……。

だが、俺やその彼らですらはるかに超《こ》える才能だった晴明は、どれほど凄いか。

「でも、戦いで道具がなければ戦えない、なんて恥《は》ずかしいじゃないですか。もしも戦闘《せんとう》中に破壊《はかい》されてしまったら、もしも道具が動作しなかったら。道具には、そんな危険が孕《はら》んでいる。道具が無くなったら戦えない、なんて陰陽師もいましたから」

〝確かに〟

〝それは一理ある〟

〝戦いで武器が折られたら、ほぼ負けだしな〟

「俺なんて、天才に比べたら凡人《ぼんじん》も良い所ですし」

〝ソラが凡人だったら世界滅びるわ〟

〝凡人の基準が高すぎる〟

〝お前のような凡人がいてたまるか〟

「あっ、それ同僚《どうりょう》にも言われたことあります。『お前のような凡人がいるか！』って」

でも、晴明の全盛期《ぜんせいき》を知る前に俺は死んじゃったけど、全盛期だった俺よりもっと強かったんじゃないか？

もしも正面から対決をしたら、俺が負けるような気がするな。負けてあげないけど。

「開いたわよ～」

蔵が開き、埃《ほこり》っぽい臭《にお》いが鼻につく。

〝ワクワク！〟

〝こういうのすげー面白いわ！〟

〝楽しみすぎる〟

〝蔵だ～！〟〝何が入ってるんだ？〟

〝凄い物が入ってそう〟

俺は鼻歌交じりに、一歩を踏《ふ》み出した。

＊

蔵の中は、思っていたよりも整理されており、補修工事された部分もあるため、すべてがすべて昔のままという訳ではないようだ。

「あんた、マスクしなくていいの？　埃凄《ほこりすご》いけど」

「マスク苦手で……」

「ほんと現代人じゃないわね」

あれ、息できなくてな～。

アカリが、いくつかの箱を目の前に持ってきてくれる。

その中身を見ていくことにした。こっちの方が配信もしやすいしね。

〝ほんま、ソラって怖《こわ》いもの知らずだよな〟

〝この蔵の雰囲気、なんか嫌な感じするわ〟

「御影一族の蔵はだいぶ良いですよ。きちんとした結界術と封印がなされているので、そんなに怖くないです。ちょっと怖いな、って思うのは夜中の神社とか放置された神社ですけど」

〝夜中の神社は怖いわ〟

〝昔肝試《きもだめ》しで行ったことあるけど、すげー怖かったｗ〟

〝寺とか、トンネルじゃないんだ〟

寺ってのは、供養《くよう》されていることが多いからそこまで怖がる必要はなかったりする。
だからか余計に、手入れのされていない放置された神社が一番ヤバかったりもする。
触《さわ》らぬ神に祟《たた》りなし、という言葉ほど威厳《いげん》と畏怖《いふ》が込《こ》められたものもない。
〝ソラが過去に見てきた場所で、一番ヤバかったのってどこですか？〟
ふむ、俺が一番過去にヤバかった場所か……。
正直、いくつもあるから一番は決められないな。
「うーん、神代関連は基本ヤバかった印象があるけど」
〝神代って、神様のことだよな〟
〝!?〟
〝なんか急に伝説みたいな話題が出てきて草〟
コメントをたまに拾いながら、蔵の中にある呪物《じゅぶつ》を確認していく。
思っていたよりも、危険な物はないな。
「っ！」
俺が手に取ったものをドローンが映す。
これは縄の呪物で、こっちは能面の呪物だ。
縄の呪物は相手を拘束《こうそく》し、自動で縛《しば》り上げる。

能面の呪物は、仮面を被《かぶ》った人間の感情を爆発《ばくはつ》させる。

「俺の記憶だと、大人しかった人がこの能面を被って、首を振りながら雅楽《ががく》を弾《ひ》いていた記憶がありますね」

〝なんだよそれｗｗｗ〟

〝ヘドバンしながら雅楽弾いてるのかｗｗｗ〟

あれは俺も相当驚いた。

封印が解けかけているものは封印し直し、続いてガサゴソと漁《あさ》る。

「ん、なんだろこれ。源氏物語？」

青い表紙の本だ。

〝ファ⁉〟

〝⁉⁉〟

〝なんか、コメントが荒《あ》れ出したけど〟

〝ただの昔の本じゃん〟

〝いやいや！　これヤバいから！〟

「アカリ、何かこれ凄いの？」

「さぁ……私も知らないわよ」

〝青表紙本だぞ！〟

コメントが言うには、かなりのお宝らしい。

おぉ、さっそくお宝発見か。

よし、次。

そこからも、呪物や有名な人の初版本？　とかが出てきた。

歴史的に価値のあるものばかりだったようで、違う意味で有識者のコメントが溢《あふ》れかえっていた。

まぁ、御影一族の物だし、俺にはあまり関係ないかな。

「これで終わりかしら……あとは、奥《おく》に持ってこられないような大きな荷物があるくらいで」

「じゃあ、それを見ようか」

〝な、なんかコメントしてる方が疲《つか》れてきた……〟

〝戦闘とは全く違う意味で衝撃《しょうげき》で草〟

〝なんでこいつら平気なんだ……〟

〝無知って恐ろしい……〟

アカリに案内され、蔵の最奥部《さいおうぶ》に入った。

そこには、刀掛けのような物に、布がかぶせられている何かがあった。

その形状に、どこか俺は見覚えがあった。

過去に俺が使っていた道具は、全て消えたと思っていた。

一から作ることはまず不可能。当時とは異なるため、再現もできない。

俺は自然と、手を伸《の》ばしていた。

「ソラ？」

第七術式……その術式は炎を司《つかさど》る。

それはかつて、俺が御影一族の呪《のろ》いから救った際に仲間にした、スメラギの力を術式へと転用したものだ。

第六術式も、似たようなものである。その後に続く術式も、すべて俺の式神から着想を得て開発した。

晴明の奴、粋《いき》な事してくれるじゃん。

布を取り払《はら》うと、そこには腕輪《うでわ》があった。

「懐かしいな……」

知っている。

俺はこの道具を知っている。

「────第九術式の、道具だ」

迷わず手首に嵌《は》めて、久々の感覚に酔いしれる。

しかし、妙《みょう》なことに気付いた。

「……ふんっ！」

呪力を流しても、反応がない。

「あれ？」

ペチペチ！　と腕輪を叩《たた》く。

〝何してんのｗｗｗｗｗｗ〟

〝叩けば直るテレビでも使ってんの？〟

〝草〟

〝草〟

「これ、壊《こわ》れてる……」

そんな。

「ソラ、それも呪物って奴な訳？」

「いや、呪物じゃないけど似たようなもの。かなり便利な代物《しろもの》だよ」

流石《さすが》に、千年以上もの時が過ぎてしまえば、仕方のないことなのかもしれない。

「でも、直せるかなぁ……」

〝なんかの道具っぽいな〟

〝ソラは新しい装備を手に入れた！〟

〝古い道具を使うって、なんかそれっぽい〟

「アハハ……でもこれ、壊れてるので。直してみますけど」

現代にもちゃんと材料があればいいんだけど……術式道具は繊細《せんさい》だから、直すのも大変なのだ。

アカリが首を傾《かし》げた。

「どうやって直すのよ、そんな昔のもの」

「えーっとね、基盤《きばん》の呪詛《じゅそ》の輪は壊れてないから、緑柱石《りょくちゅうせき》が必要なくらいかな」

「りょくちゅ……なにそれ」

〝エメラルドだな〟

〝エメラルド〟

〝はい、速度負け〟

〝お前の勝ち、どうして勝ったのか明日まで考えてきてください〟

〝回線だろ〟

当時の緑柱石ってむちゃくちゃ高級品だったんだよね。もしかして、今でもそうだろうか……。

そうそう手に入る代物じゃなかったから、作るのもかなり苦労した記憶がある。

サクヤに頼《たの》めば、用意してくれるかな。そう思い、軽く聞いてみる。

「サクヤぁ～、緑柱石《りよくちゆうせき》って持ってない？」

「『あるぞ』」

「おおおっ⁉　流石サクヤ！」

半眼でアカリが呟く。

「サクヤって、何を聞いても『あるぞ』って言いそうよね」

よし、あとで術式修理の配信をしよう。

さて、蔵の捜索《そうさく》は大体終わったかな。

封印が解けかかっているものがあったけど、再封印は施したし、呪物も問題がありそうなものはなかった。

御影家が守ってくれていたのは、第九術式のことだったのかな。

フル装備があるかもしれない、と思ったけど……あったのは第九術式だけか。他の術式は別々に保管してくれているのかもしれない。

でも、第九術式が見つかって良かった。

この術式は、最も人を救う術式だ。

まぁ、使うにしてもまずは直さなきゃね。

＊

配信外。

蔵の中で、アオ、グラビト、ヴァルの三人は探検していた。

アオが手を伸ばすたび、頭の上に乗っているグラビトが手で弾く。

ペシッ。

「こら。アオよ、変に触るな。何があるか分からんぞ」

「グラビト、厳しい」

「アオ、配信の邪魔《じゃま》をしないという条件で、我々も遊んでいられるのですよ」

アオとグラビトとの攻防戦《こうぼうせん》が始まり、ペシペシ合戦にヴァルが呆《あき》れていた。

「カツの配信行きたかった。今日はアントニオ豚《ぶた》の生姜焼き《しょうがや》」

「食うことしか考えておらんのか⁉」

「狸汁《たぬきじる》で妥協《だきょう》してもいい」

「私は狸の外見だが！　狸ではないと言っておるだろう！」

*

その日のソラも、ダンジョン配信ではない配信であった。

ダンジョンに潜《もぐ》ることも考えたのだが、それよりも先にやるべきことを済ませようと思っていた。

その過程を配信するべく、今日は雑談として枠を取っている。

今回はサクヤのトラックを作業場として配信中だ。

ボウボウ、と軽く炎が手から出る。

「うーん……これは参ったな」

〝マジックみたい〟

〝第七術式の炎っぽい〟

〝これをどうすんの？〟

〝アオがジーっと眺《なが》めてて草なんだ〟

「アオとの戦いで、第七術式を一時的に壊したと思うんですけど……それで完全に術式がイカレちゃって」

少し前、ダンジョン内部でアオとの戦闘時、『一緒《いっしょ》に印を組もうか』と言って、第七術式を一時的に使えないようにした。だがその後、俺は無理やり第七術式を使って、酷《ひど》く壊してしまった。

「流石に無《む》茶《ちゃく》苦茶《ちゃ》な使い方したからなぁ……」

腕《うで》があるだけ、まだマシなのかもしれない。

こういう無《む》茶《ちゃ》な使い方をしたのは珍《めずら》しいな。

〝術式が壊れたらどうなんの？〟

〝じゃあもう使えないの？〟

「それを今から直す配信ですね～」

〝……？〟

〝え、直せるの……？〟

〝そんな機械を直すみたいにｗ〟

〝ガチ？〟

それを聞いていたアオも驚く。

「それ、知らない」

「アハハ、本当だよ。ほらアオ、おいで。教えてあげるから」

アオは俺と同じで、多くの術式が使える。

知識の一部を引き継《つ》いではいるようだが、全てではないようで、分からないことも多くあるそうだ。

教えられるところは俺が教えて、常識とかはカッさんに一任しよう。

〝ソラが増えた〟

〝可愛いなこいつらw〟

「術式の修理は、すべての陰陽師ができることじゃないよ」

俺は分かりやすいように、視聴者にも伝えていく。

「そもそも、第五術式までしか使えない人が殆《ほとん》どだったんだ。それだけ使えれば十分だけど」

基本の形、というのが非常に分かりやすいかな。

そこから先の第六術式や第七術式と、自分で派生を作っていくことが多かった。

基礎《きそ》を作り上げたのが初代陰陽師たち。それを派生させたのが俺たち二代目だ。

俺が死んだ後は全く分からないが、晴明たちの時代だとどういう風に術式を発展させていったのかな。

〝ほえ〜〟

〝面白いな〟

〝自己流になってくってことか〟

「そうそう。それを見て、同じ術式が欲《ほ》しければ頼み込んで教えてもらったり、一緒に作ったりする」

俺は壊れた第七術式を摘出《てきしゅつ》する。

「第四術式展開……呪式浮世《うきよ》」

俺の腕から青色の文字列が出て、目の前に浮《う》かぶ。

アオが声を漏らす。

「おぉ……！」

「綺麗《きれい》だよね」

術式の色は、人によって異なる。

かなり前にも説明したが、医術に向いている陰陽師もいたのだ。他にも呪詛や人を呪うことに長《た》けた陰陽師がいた。

すべてに長けた人間は重宝されたが、俺はこれといった才能に特化している訳でもなく、中途半端《ちゅうとはんぱ》に才能があったというくらいだ。

「僕《ぼく》も、僕も出したい」

「ええ？　良いけど……」

アオにも同じように第七術式を摘出する。

「アオは、自分の術式が欲しい？」

「……！　いいの？」

「もちろん」

〝アオ可愛《かわい》いｗ〟

〝ソラがすげえお兄ちゃんやってるｗ〟

〝こういうの結構好き〟

〝何か兄弟愛見てる気分だわ〟

〝ぽかぽかする〟

俺としては、ついでに術式を改造するような感覚だ。

大した労力でもないし、アオが自分を出せるようにしていくのも大事だろう。

「僕、ドッペルゲンガーの能力が欲しい」

「えっ……なんで」

「ドッペルゲンガーなのに、ドッペルゲンガーの能力持ってない」

あっ、そういうこと。

「まぁ出来るけど……ドッペルゲンガーの能力か」

〝え、出来るの……？〟

〝ソラ、それガチ？〟

〝冗談《じょうだん》だろ……？〟

「出来ますよ」

アオがパチパチと拍手《はくしゅ》する。

「ソラ、凄い」

「アハハ……まぁ、とりあえず術式直しますね」

術式の修理は慣れている。過去に何度も壊してるし……今回のような例は初めてだが。

第四術式で術式を摘出し、浮かんでいる文字列を調整する。

必要なら書き換《か》えたり、作り変えたりもする。

今回の場合は、壊れている文字を取り出し、新しく文字を入力していく。

呪力《じゅりょく》で文字を刻み、術式を修復。

片手でアオの術式も改造していく。

「ここところの文字を入れ替《か》えて……」
〃はっやｗｗｗ〃
〃なんかむっちゃ眼を動かしてるｗｗｗ〃
〃すげえなｗｗｗ〃
〃何してるか分からんｗｗｗ〃
〃ハッカーみたいな動きしとるなｗ〃
数分もすれば、完全に術式の修理が終わる。
「ほい、アオ」
浮いている術式をアオの下へ戻《もど》す。
「ありがとう、ソラ」
それだけ言うと、アオが「わ～」と外へ駆《か》けだして行く。
さっそく新しく得た術式を使いたいようだ。
「可愛いよなぁ……あいつ」
ついつい、幼い頃《ころ》の晴明を思い出してしまう。
〃お前もだぞ〃
〃ソラ、お兄ちゃんみたいでいいね〃

「よし、俺《おれ》もちゃんと術式が直ってるか確かめたいので、外に出ますね！」

アオと同じように「わ～！」と駆け出す。

〝兄　弟〟

〝この兄弟終わりだよ〟

〝このお兄ちゃんもうダメです〟

〝アホしかいねえｗｗｗ〟

〝素でやってんだろうなこいつｗｗｗ〟

〝ソラとアオそっくりじゃねえかｗｗｗ〟

その後、外に出た。

アオは新しく手に入れた術式に、満足しながら発動させた。

「第七術式――…悪食《あくじき》、顕現《けんげん》？」

〝なにそれ〟

〝なんか嫌《いや》な予感のする名前なんだが？〟

〝絶対まともじゃない〟

「……何も起きないよ？」

「えーっと、アオが食べた物で、最近おいしかった奴《やつ》を浮かべて」

「五反田セカンドダンジョンで、カツが狩《か》った奴。蛸《たこ》の……」

ニュルッ、とアオの手から蛸の足が出てくる。


「……蛸の足」

〝ふぁ⁉〟

〝アオの手から蛸が生えたんだが⁉〟

〝にゅるにゅるしてる！〟

「ドッペルゲンガーといえば、吸収かなって。カツさんの料理たくさん食べれば食べるだけ強くなる……みたいな」

アオが目を丸くした。

えっ、ダメだった？

「……面白《おもしろ》い。僕、食べるの好き。これは悪食魔《あくじきま》蛸《たこ》って名づける」

気に入ってくれたようで、ほっと胸を撫《な》で下ろす。

〝待て、待てお前ら〟

〝絶対アカン〟

〝アオに持たせるのはアカンやろｗ〟

〝ろくなことになる気がしないｗｗｗ〟

〝なんでも吸収するからある意味怖いｗ〟

「アハハ、たぶん大丈夫《だいじょうぶ》ですよ～。だってそんな変な物食べてないと思……」

気づくと、アオの両手が蛇《へび》の頭になっていた。

「見て、呪詛《じゅそ》双頭蛇《そうとうじゃ》の頭」

シュルル～と舌を出している。

「なにそれ」

「呪詛も吐《は》けるよ。しゅるしゅる～」

〝そんなもん吐くなｗｗｗｗｗ〟

〝なんてもんを吐こうとしてるんだ⁉〟

〝それ、討伐《とうばつ》難易度めっちゃ高い奴じゃんｗｗｗ〟

……なんとなく、いや、本当になんとなくなんだけど……。

カツさんがさらに困りそうな未来が見えた気がした。

「……まぁ、いいか！」

俺もスメラギを参考にして作った、思い出深い術式が直ったことを確認する。

「第七術式展開……炎華《えんか》」

ボウッ、と花のように炎《ほのお》が広がる。

うん、ちゃんと直ってる。

〝そういえば、第七以降はフル装備って言ってたけど〟

〝言われてみれば、気になる〟

「あぁ、第九術式とかまさにそれですね」

確か、サクヤが材料を用意したと言っていた。

「じゃあ、第九術式もこの後に直していきますね」

エメラルドを用意してくれたサクヤに、感謝しないと。

……値段は聞かないでおこう。配信のためだから、って言ってくれてるし……。でも、あとでちゃんと恩返しはしなくちゃ。

ふと、トラックの隅に大量にまとめられていたエナジードリンクの空《あ》き缶《かん》が目に入った。

俺にできるサクヤへの恩返しか……。

コメントが流れる。

〝それ、どうやって直すの？〟

〝魔法《まほう》使う人って、道具とかの修理って専用のお店があったよな〟

〝魔道具《まどう》専門店、みたいな奴だっけ？〟

「えーっとですね。まずはさっきと同じ要領で、術式を取り出して新しいこのエメラルドに付与《ふよ》します」

〝その付与されたエメラルドを、はめ直すって感じ？〟

「はい。大体それで修理は終わるんですけど」

外側も古くなっているから、これも新しい物にしたいな。

〝どんな能力なの？　それ〟

〝気になる〟

〝ソラのフル装備って面白そう〟

「それはですねー、あっ」

話そうとして、ふとサクヤに『次の配信用にとっておけ』と言われたことを思い出す。

ふにゃっとした顔をしながら、俺は続ける。

「どっかで使うと思います…その時に、披露《ひろう》しますね」

そうしてカチャカチャと修理を俺は済ませた。

【ソラマメ】ダンジョン配信事務所・陰陽のトップリーダー上野ソラについてまとめスレ.Vol43

1.この陰陽が凄い！
トップリーダーがソラで草

2.この陰陽が凄い！
不安しかねえｗ

3.この陰陽が凄い！
戦闘だったら、俺は少なくとも日本で一番安心できる

4.この陰陽が凄い！
戦闘以外だったら……

5.この陰陽が凄い！
>>4
不安

6.この陰陽が凄い！
>>4
不安しかない……

7.この陰陽が凄い！
ソラの式神で、グラビトとかまともな奴いるし、そんな不安じゃなくね

8.この陰陽が凄い！
お前、グラビトのマスコット化を知らないな
今のグラビト、狸になってるぞ

9.この陰陽が凄い！
>>8
え？　あいつマスコット化すんの？
まだ全部配信見てないんだわ
見てくるわ

10.この陰陽が凄い！
俺は結構好き

11.この陰陽が凄い！
可愛いから好き

12.この陰陽が凄い！
>>8
ｗｗｗｗｗｗｗｗｗｗｗｗｗｗ
狸になってるの知らなかったｗｗｗ

13.この陰陽が凄い！
ぽんぽこしてるぞ

14.この陰陽が凄い！
偽ソラも結構キャラヤバいよな

15.この陰陽が凄い！
>>14
アオな。
あいつも、相当おかしいｗ

16.この陰陽が凄い！

カツの配信で、ずっと『おかわりある？』しか聞いてないんだよなｗｗｗ

17.この陰陽が凄い！
あれはカツが困り果てて草なんだ

18.この陰陽が凄い！
確かカツが料理作ってる最中にも、横から勝手に具材食べてたよなｗｗｗ

19.この陰陽が凄い！
カツが『材料がない場合は、仕方ないですね』って諦めてた。

20.この陰陽が凄い！
>>19
完全に邪魔されクッキングじゃん

21.この陰陽が凄い！
アオ、犬かよｗ

22.この陰陽が凄い！
ファン層が結構決まっていて、アオは女性人気がすげえ高い。
元々ソラと外見似てるし、性格が大人しめだからな。

23.この陰陽が凄い！
男の俺も好き
半眼でぼけーっとしてるのすこ

24.この陰陽が凄い！
アホなソラバージョン？

25.この陰陽が凄い！
>>24
いや、ソラもアホだから

26.この陰陽が凄い！
待て、混乱する

27.この陰陽が凄い！
やる気のないソラが正しいんじゃない？

28.この陰陽が凄い！
>>27
それだ

29.この陰陽が凄い！
>>27
それ

30.この陰陽が凄い！
性別問わず人気高いのがソラで、男性がヴァル、女性はアオかグラビトね。

31.この陰陽が凄い！
グラビトはアライグマだからな

32.この陰陽が凄い！
狸なのにアライグマとはこれ如何に

33.この陰陽が凄い！
威嚇がアライグマ

34.この陰陽が凄い！
>>33
草

35.この陰陽が凄い！
>>33
草

36.この陰陽が凄い！
可愛すぎかよｗｗｗｗｗｗ

37.この陰陽が凄い！
そういえば、ソラの配信登録者数とっくに３００万人超えてたな。

38.この陰陽が凄い！
数か月も経ってないのに、この勢いは半端じゃない。

39.この陰陽が凄い！
>>38
そりゃそうだろ。
登場してイレギュラーボスを式神化、のち最高難易度の試練系ボスを式神化。
安西ミホのライブで無双して死者ゼロで助ける。
さらには、なんか知らないけど発生したドッペルゲンガー（？）みたいなのも式神化。

誰が止められんの？

40.この陰陽が凄い！
改めてみると滅茶苦茶で草

41.この陰陽が凄い！
こいつらすげえのに、何かが外れると全員ポンコツ化するんだよな……。

42.この陰陽が凄い！
ポンコツ集団

43.この陰陽が凄い！
ねぇ将軍陰陽入りしないの？

44.この陰陽が凄い！
>43
最近したぞ。
銀髪の子が入れたって言ってた。

45.この陰陽が凄い！
将軍すこ

46.この陰陽が凄い！
若手トップクラスの強さがある子が入るって、結構やばいよな。

47.この陰陽が凄い！
いやでも、将軍は配信者でもなんでもないぞ？

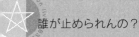

48.この陰陽が凄い！
インゲン豆も入るのかな
49.この陰陽が凄い！
あいつはガチ狂人

50.この陰陽が凄い！
配信外で会った人の話によると、意外とまともらしいぞ

51.この陰陽が凄い！
>>50
えぇ……信憑性ねえよ……

52.この陰陽が凄い！
そんなことないだろ、ただインゲン豆に呪われてるだけだぞ

53.この陰陽が凄い！
>>52
それが問題なんだが？

54.この陰陽が凄い！
>>52
一番の問題点そこだろ

55.この陰陽が凄い！
恐怖!!　インゲン女!!

56.この陰陽が凄い！
>55
格安B級ホラー映画やめろ

57.この陰陽が凄い！
ホームビデオで作ってそう

58.この陰陽が凄い！
インゲン豆は登録者数だいぶ伸びてたよな
ソラマメブームはエグい

59.この陰陽が凄い！
今の【陰陽】ってどうなってるのかな

60.この陰陽が凄い！
ダンジョン配信事務所・陰陽
ソラ（式神含む）
カツ
アカリ
あと銀髪の子。

61.この陰陽が凄い！
意外と少ねぇな

62.この陰陽が凄い！
超大手日本トップクラスのPooverで１２０人いるからな

63.この陰陽が凄い！
中くらいの事務所でも３０人くらいはいるしな～

64.この陰陽が凄い！
中くらいの事務所で年収一人当たり４００～８００万だしな。

65.この陰陽が凄い！
全然配信一本で生きていける

66.この陰陽が凄い！
ソラたちっていつになったらスパチャ解放するんだ？

67.この陰陽が凄い！
なんかまだ出来てないみたい

68.この陰陽が凄い！
そら収益化やらなにやらって、時間掛かるからな

69.この陰陽が凄い！
もう解放されてもいい頃じゃね？

70.この陰陽が凄い！
ソラほどの人気なら、一番初めのスパチャなんて億が飛んでもおかしくない

71.この陰陽が凄い！
俺、解除されたら真っ先にカツにスパチャ入れる

72.この陰陽が凄い！
>>71
なんで？

73.この陰陽が凄い！
>>71
なんで、普通ソラだろ

74.この陰陽が凄い！
あいつ、高校中退して妹のために必死に頑張ってきたからな
妹を治す金が足りねえんだとよ
海外の医療とかが必要らしい

75.この陰陽が凄い！
それは……

76.この陰陽が凄い！
おぉ……まじか
ただの陰陽の被害者だと思ってたわ……

77.この陰陽が凄い！
知らなかったわ
そら、数少ない常識人枠だからな
陰陽の被害者だと俺も思ってた

78.この陰陽が凄い！
なんかカッコいいな
俺もカツに入れようかな

79.この陰陽が凄い！
ソラ、スパチャ解禁してもそこで得た収益とかカツさんに渡したりしてなw
妹さんを治すのに使って、とかw

80.この陰陽が凄い！
あいつなら、ありえるだろ……

81.この陰陽が凄い！
ないとは言えないな……

82.この陰陽が凄い！
お人好しソラマメだしな……

83.この陰陽が凄い！
とことんお人好しすぎるからなぁ

84.この陰陽が凄い！
だからお前らソラマメが好きなんだろ

85.この陰陽が凄い！
そしたら、俺、泣くかもしれん
ソラだけじゃなくて陰陽自体が好きになりそう

86.この陰陽が凄い！
なんだこいつらｗ

87.この陰陽が凄い！
感情豊かだな、お前ら

88.この陰陽が凄い！
次の配信～！
ソラマメ～！

89.この陰陽が凄い！
次もダンジョン配信なのかなぁ……。
毎回、ソラたち神回連発してるから楽しみ。

90.この陰陽が凄い！
次は落ち着くといいね
最近戦闘ばっかりな配信だし

91.この陰陽が凄い！
のんびり配信でもいいぞ

92.この陰陽が凄い！
全裸待機

93.この陰陽が凄い！
>>92
お前は服を着ろ

94.この陰陽が凄い！
相変わらず、ソラマメ系の掲示板はすげえ平和だな

95.この陰陽が凄い！
ソラ関連で荒れることあるぅ？

96.この陰陽が凄い！
そら、平安狂の話してたら、スンッ、ってこっちが常識枠に引っ張られる

97.この陰陽が凄い！
頭平安狂は世界を救う

二章 【三人の女子】

上野《うえの》ソラが人気配信者になる前を、私は知っている。

この高校へ入学した時、前の席に座《すわ》っていた男が――ソラである。

友達もおらず、作ろうと思えば作れたが私は一人でいた。ソラ曰《いわ》く、『サクヤって話しかけてくんなオーラあるね！』と真正面から言われた。

それくらい、私も少し理解している。てか、分かってても普通は本人には言わないだろ。

外見のせいか、性格のせいか……いや、両方だろうな。

友達が出来なくても、別に学校生活には困らない。

これは父親に対する、小さな抵抗《ていこう》なのだ。私だって抵抗できるんだぞ、と示すための。

でも、こんなことは無意味だ。

子どもじみた行為《こうい》で、結局は何も変わらない。私は会社の道具だ。

それをソラが変えてくれたから、今の私がいる。

そして、徐々《じょじょ》に芽生えてきている気持ちを……押《お》し殺していた。

LIVE

気付いてはいけない。まだ見てはいけない感情な気がしていた。

蔵《くら》の配信をしてから二日が経った頃《ころ》、私が個人所有している配信トラックにて、御影《みかげ》アカリが訪ねて来ていた。

「ソラの忘れ物だと？」

「あいつ、私の家にスマホを忘れてったのよ。しかも二日前」

ええ……と心の中で声が漏《も》れた。

二日も忘れて気づかないことなんてあるのだろうか……。

「あんたに預けてれば、そのうち寄ってくるでしょ。あいつ、どこに行ってるの？」

「カブト虫を取りに行ってるぞ」

「流石《さすが》に自由人すぎない？」

そうはいっても、ソラは元から自由人だ。

学校での生活を唯一《ゆいいつ》、知っている私からすれば特別驚《おどろ》くことでもない。

ふと、頭の中で虫取りしているソラが思《おも》い浮《う》かんだ。

……可愛《かわい》いな。

だが、一方で気を付けて欲《ほ》しいとも思っていた。

今の日本で、ソラを狙《ねら》う人間は数多くいる。

日本だけじゃない、世界から見てもトップクラスのバズりを見せ、その人気は停滞《ていたい》せずに上がり続けている。

配信者であれば、少しでも良いから絡《から》みが欲しいと考えるものだ。

虫取りの最中に、そういうことに巻き込《こ》まれなければいいが。

まぁ今のところは運のよいことに、大神《おおがみ》リカ、榊原《さかきばら》カツ、インゲン女と良心的な……インゲン女以外は常識人である。

アカリも若手実力派冒険者《ぼうけんしゃ》として名が通っていて、人気もかなりある。

だが……気のせいじゃなければ、こいつが他人と関わっているのを見たことがない。

「なぁ、アカリ。もしかして、お前も友達がいないのか？」

「はい？　居ますけど？」

「……そうか」

「ねぇ、優《やさ》しい目で見るのやめてくんない。絶対、なんか勘違《かんちが》いしてるでしょ」

「私も友達がいない気持ちは分かるぞ」

「あんたと一緒《いっしょ》にしないでよ……」

すると、コンコンッと誰かがノックする。

「サクヤさ～ん。近くに寄ったので、お土産《みやげ》を……あれ？」

アカリが驚く。

「お、大神リカ⁉」

「えーっと、御影アカリさん、ですよね？」

「お、大物女子高生配信者だわ……！」

「お前も女子高生だろ」

あ、そういえば私も女子高生だったな。

モニターとエナジードリンクに囲まれた生活が、果たして本当に女子高生と呼べる生活なのかは定かではない。

「良かったら、アカリさんもどうぞ。最近流行《はや》ってる大豆ジュースです」

「豆、なんで？」

「ソラの影響《えいきょう》で、豆ブームが来ているんだ。どの店舗《てんぽ》も、我先にと手を出しているぞ、浅ましい考えだがな」

「ソラマメ汁《じる》じゃないのね」

「あれは人の飲み物ではない」

「アハハ……サクヤさんは相変わらず辛口《からくち》ですね」

「当然だ。甘《あま》いのはソラに対してだけだ」

大神リカから柑橘系《かんきつけい》のスッキリとした香りがする。

それに比べ、私はコーヒーやエナジードリンクのケミカルな匂《にお》いだ。科学香料《こうりょう》も悪くはないぞ。

御影アカリは……なんだろうな、こいつの香りは。チョコレートみたいな、少し甘い匂いか。

「そもそも女子高生とはあれだろう？　タピオカ飲んで、キャッキャしていればモテるのだろう」

「サクヤさん、偏見《へんけん》も行き過ぎですよ」

「そうか？　まぁ、私も仮にも女子高生だ。流行りには乗っかるべきだろう……と思ってな、これを作ってみた」

豆関連が流行っているということもあり、色々と企業《きぎょう》案件が来ることが増えてきた。

どれもアイデアは陳腐《ちんぷ》だし、商品を紹介《しょうかい》して欲しいだけで微妙《びみょう》なのばかりだ。そのため蹴《け》り飛ばしている。

ないなら、私が作るまでだ。

そうして、リカとアカリに見せる。

「私が作ったのは、ソラ汁だ」

「なにその飲みたい欲を一気に消し去るネーミングセンス」

私が作った物は、ペットボトルサイズで、風船のように膨《ふく》らませた袋《ふくろ》の中にジュースを入れている。

「ソラさんの絵がプリントされてますね！　か、可愛い……！　買いたくなる……かも」

アカリがやや引いている。

一応、中身の飲料は他《た》企業《きぎょう》とのコラボだが、こちらがパッケージを開発したということもあり、利益は陰陽《おんみょう》に大きくなるよう交渉《こうしょう》は済んでいる。

あとはその企業がソラの大ファンであったことも、かなりデカかった。お陰《かげ》で惜《お》しみなく協力してもらった。

そうして私は自慢《じまん》気《げ》に続けた。

「面白《おもしろ》いだろう。だが、これだけで終わらないのが私だ……！」

中に入っているジュースをストローで飲んでいくと、ソラの絵が徐々に萎《しぼ》んでいく。

「し、萎んでってる……！　ソラさんが！　栄養を吸われてるみたい……！」

「思いっきり吸うと、声を出すぞ」

「本当ですか!?」

さらに私が勢いよく吸うと、袋から音がした。

「うわ～」

ソラに近いやる気のない声である。

これはストローと袋の形を調整することで、それっぽい音を出しているに過ぎないのだ。

コストもかからない、かなり凄《すご》い代物《しろもの》だ。

「なんであんた、そんな才能があって、こんなもの作ってんのよ……才能の無駄遣《むだづか》いじゃない……」

「アカリさん！　何を言うんですか！」

「そうだぞ、ソラの面白玩具《おもしろおもちゃ》なんて何個あっても困らないんだ」

「そ、そう……」

リカも一緒に飲み始め、楽しそうにしている。

これを発売すれば、今やっている他の豆ジュースを簡単に超えることもできるだろう。

ふふふ、やはり私はソラのことになると天才かもしれない。

「で、あんたさ、それソラにちゃんとオッケーもらってんの」

「いや、まだだ。どんな反応するか分からない」

ソラなら『オッケー！』と言いそうな気もするが。

「じゃあ、まず反応はアオで試《ため》してみたら？　ダメそうだったら改良してソラに見せれば

SORAJIRU
ソラ汁

いいし」

「そうだな、そうしよう」

＊

そうして、カツさんの配信で食レポを終えたアオを連れてくる。

アオはソラ汁をチューチューと吸っていた。

「ど、どうだ……？」

「おいしー」

「いや、そっちじゃなくて」

「……？　おいし～！」

聞こえてないとアオが思ったのか、ちょっと大きめに言う。

「……なぁ、人選ミスじゃないか？」

「私はカツさんに聞くべきだったと思いますね」

「やめて、私を責めないでよ」

意見が一度まとまり、カツさんに見せた所、「業が深い飲み物だね……」と言われた。

ふむ、そういう意見になるのか。

一度トラックへ戻《もど》ってから、大神リカを含めた三人で話を続ける。

「アカリも『陰陽』の配信者として、こういう商品、作るか。アカリ汁ってのはどうだ」

「絶対に嫌《いや》。あんた、私をお嫁《よめ》に行かせないつもり？」

そういうつもりではなかったのだが……お嫁か。

大神リカが憧《あこが》れているような面持《おもも》ちで、目を輝《かがや》かせた。

「そういえば、お二人って凄く良い所の家ですよね……！　ある意味お嬢様《じょうさま》ですよね。やっぱり、そういうのってロマンチックな縁談《えんだん》とか……」

ドラマでも、良い家系同士で、御曹司《おんぞうし》との婚約《こんやく》といったことは往々にしてあるものだ。一般的《いっぱんてき》な感覚として、そう考えるのはよくあるのかもしれない。

「私はお見合いから逃《に》げるから、どうせ誰も捕《つか》まえられないし」

「軽く二十回は破談させている」

唖然《あぜん》とした様子で、大神リカは口を開けていた。それほど驚くことか。

言葉にして思うことだが、私とアカリは意外と似通っている部分があるらしい。

「サクヤ、あんたさぁ……確かにあんたの家は世界有数だし、正直結婚《けっこん》も余裕《よゆう》だと思うけど……流石に食生活なんとかしなさいよ」

「なんとかとは?」

デスクに積まれた大量のエナジードリンクに目が行く。

「コーヒーとか紅茶、エナジードリンクばっかりじゃない! あんた、家事できるの?」

「できない!」

食い気味に答える。

「さ、サクヤさん。そ、そんなはっきりと仰《おつしや》らなくても……」

「はぁ……余計なお世話だって分かってる。でもせめて、好きな男ができたら、そいつの前だけでも家事できるアピールしてみたら?」

ふむ……家事できるアピールが、はたして魅力的《みりよくてき》なのかどうかは分からないが……。

大神リカとアカリが私よりも女性らしいのは間違《まちが》いない。

健康的ではない飲み物ばかりを飲んでいるようでは、女子力が負けてしまうのだろうか。

大神リカが手を合わせた。

「じゃあ、女子っぽいことでサクヤさんが悩《なや》んだら、私たちに相談すればいいんじゃないでしょうか」

「いいわね、それ」

「私が助けを求めることなんてあると思っているのか?」

「あったらの話ですよ。ねっ」

渋々連絡先《しぶしぶれんらくさき》を交換《こうかん》し、三人のグループを作ることでその場は解散した。

それからソラ汁は問題がないということで、ソラにも確認《かくにん》したところ無事に許可をもらい、公式として発売することになった。

実験のため、短い期間の発売だがきっと気に入ってもらえるだろう。

＊

ネットからの反応。

【上野ソラ】〝公式からソラ汁が発売された時のネット民の反応集〟

『業が深すぎる』

『まさかの公式からソラ虐』

『なんだこの飲み物は……』

『公式の頭がおかしい』

『銀髪の子が考えたらしいけど……あの子も平安狂なんじゃないか？』

『ソラ汁でうわ～って声がするのヤバすぎるだろ』

『好きすぎて食べちゃいたい、を現実にした商品』
『他の中途半端《ちゅうとはんぱ》な豆ブームを終わらせにきた商品』
『公式の方が強すぎるってヤバいなｗｗｗｗｗｗ』
『ぶっ飛んでるわ』
『これ使って大量の動画できそう』
『狂《くる》ってる』
『公式供給助かる』
『みんなでソラを飲もうって説明が終わってて草』
『どんな状況《じょうきょう》で飲むんだよこれ』
『電車の中でこれ飲んでる人がいっぱい居て、「うわ～」って声が流れてくるたびに笑っちゃうｗ』
『ジュースで日本を笑顔《えがお》にした男』
『私たちは今日もソラを吸います』

＊

Pooverの事務所で、大神リカはマネージャーと会話をしていた
「リカさん、ソラくんの配信って毎回新しいことが起きてませんか?」

「まぁ、ソラさんですから……凄いのは今に始まったことじゃありませんけど」

ソラさんの配信は、もはやそれで全てを片付けられるような気がしていた。

だって、もはや常識から外れていることが多くて……コラボしても思ったことだけど、
ソラさんといると、自分の常識がいつも変わってしまう。

ニコニコとしていると、マネージャーが意外な言葉を発した。

「リカさん、弟さんの話題でも笑顔で喋《しゃべ》ってますよね」

「そうですか? あっ、確かにそうかも……」

弟とかも、小さい頃《ころ》凄《すご》く可愛かったし……私って子どもが結構好きかもしれない。

もしかして、私はソラさんを弟的なポジションで見ていたのかな……。

いや、それとは少し違《ちが》う。

庇護《ひご》欲はあるけれど、それが大きな気持ちではない。

「Pooverの上層部が誘《さそ》っていた御影アカリさんも、『陰陽』に引っ張られちゃいましたからねぇ」

「え、アカリちゃんを?」

「あっ、知り合いだったんですか？」

「ソラさん関連でちょっと」

今、Pooverの勢いは維持《いじ》できているものの、ダンジョン配信事務『陰陽』の勢いが強すぎて、いつ追い抜《ぬ》かされてもおかしくはない。

なんとかPooverの勢いが保てているのは、ソラさんの事務所は、ソラさんとカツさんの二人しかいないからだ。

若手最強冒険者と名高い五人のうち、その一人である御影アカリ。

その実力は深層に潜《もぐ》れるほどの強さがあり、たった一人でしか活動しないことから、将軍と二つ名が付く程《ほど》の一匹狼《いっぴきおおかみ》だった。

根強い人気のある彼女《かのじょ》が『陰陽』入りしたとすれば、どうなるかは想像に容易《たやす》い。

「……ソラさんが入ったことで今は若手最強候補は六人か」

正直、私は間近でソラさんの活躍《かつやく》を見てきた。だから断言できるけど、ソラさんは圧倒《あっとう》的《てき》に突《つ》き抜けている。

これでも、色んな人と関わってきた。若手最強候補は何人か見たことあるけど……あれはもはや、若手の範疇《はんちゅう》に入る実力ではない。

お陰で、私のような最近やっと下層に潜れるようになった若手配信者が凄くない、みたいな風潮になっている。

ソラさんと比べられたら、そりゃそうなっちゃうよね～……でも、ソラさんが凄いのも事実だし。

ソラさんの凄さを認めて、私も追い付けるように頑張ろう！　って思わなきゃ。

ふんっふんっ！　と鼻を鳴らす。

「リカさん、最近なんか変わりましたね」

「もっと明るく、素敵《すてき》にならないと視聴者《しちょうしゃ》の皆《みな》さんに応援《おうえん》してもらえないですからね！」

ソラさんが大成功した秘訣《ひけつ》に、ようやく気付いて来たのだ。

何も、特別な力や戦闘《せんとう》だけがソラさんの全てじゃない。

ソラさんの凄さは、素を前面に出していることだ。

「あっ、もしかしてリカさんもソラマメみたいなあだ名考えちゃったり？」

「はぁ～？　何言ってるんですか？　ソラさんはソラさんだから良いんです。後追いしてる配信者もたくさんいますけど、到底《とうてい》ソラさんに追い付けてませんし」

事実、私は毎日他の配信者も追っているが、ソラさんの後追いを始める者が多い。

インゲン豆さんの影響もあるだろうけど、ナス太郎《たろう》とか、トウモロコシマンといった配信者が出てきている。

ナス太郎に関しては、ナス汁などという液体をぶちまける配信をしていたり、トウモロコシマンはポップコーンでダンジョンを攻略《こうりやく》するという狂気《きようき》っぷり。

全体的に、ソラさんの影響かダンジョン配信者界隈《かいわい》が狂《くる》い始めてきてるんだよね……その筆頭はソラさんだけど。

マネージャーが、指を突き合わせながら「良い案だと思ったんだけどなぁ～」と落ち込む。

どこがいい案なんですか。顔を洗って出直してきてください。

「じゃあ、リカさんは何か案あるんですか？」

「私は……魔法《まほう》を覚えます。魔法です！」

「魔法って、才能がないとそもそも使えない奴《やつ》ですよね」

「一応、才能はちょっとあるんです。私が苦手なだけで……」

「じゃあ、魔法をメインに使う配信者とかに、裏で使い方を教えてもらったらどうでしょう？」

その案に、私は顔をあげた。

「それ良いですね！」

*

ソラは配信用トラックの傍《そば》で、捕まえてきたカブト虫を見ていた。そこへ大神リカさんがやってきた。

サクヤに用があると思っていたが、どうやら違うようだった。

「え、俺《おれ》？」

「はい。魔法を教えてもらうなら、やっぱりソラさんしかいないかなって」

自分と同年代で、配信者では大先輩《だいせんぱい》であるリカさんに頼《たよ》られるのは嬉《うれ》しいが、魔法を教えてと言われたのは驚いた。

「あの、俺、魔法使えないんですけど……」

「へ……？」

えっ、リカさん、なんでそんな顔するんですか。

「いやでも、私を助けてくれた時とか、配信でも、あんなに凄い魔法を使ってたじゃないですか！」

「あれは魔法じゃないよ」

「えええっ⁉」

そんな反応しなくても……。

「だってあれ、術式だもん」

「……待ってください。ちょっと理解が追い付かない」

どうやら、リカさんは俺が使ってきた術式を魔法だと思っていたらしい。

単純に、俺が『魔法＝術式』だと言っているだけだと思っていたのだとか。

ほら、配信者の間でもキャラ設定って奴があるしさ。

俺は陰陽師《おんみようじ》だから、設定で『術式』って呼んでいただけかもしれないって思うのも当然だよね。

「あっ、東京ビアドームでグラビトと使ったのは魔法だよ」

「じゃあ……あれ、あれ？　魔法は使えないんですか」

「使えなくはないよ」

「え、あ、うん？　え？　どっちですか⁉」

混乱させてしまうようであれだが、ヴァルやグラビトを仲介人《ちゆうかいにん》として入れれば、魔法を使うことができる。

普通の陰陽師からしたら簡単なことではない。式神と信頼《しんらい》関係がなければ成立しない。

いつも、否定的な程度を取っているグラビトもああみえて、実は俺を信頼しているのだ。

そう思うと、より可愛く見える。狸《たぬき》ボディだし。

「じゃあ、魔法は教えられないですよね……」

リカさんがちょっと残念そうな顔をする。

……俺を頼るためにわざわざ来てくれた。しかも、ダンジョン配信者としての経歴も上の彼女がだ。

ここで一肌脱《ひとはだぬ》げなきゃ、男じゃない。

「大丈夫《だいじょうぶ》！　教えてあげるよ！」

彼女の顔がパッと明るくなる。

「本当ですか⁉」

「うん！　大船に乗ったつもりで良いよ！」

これでも、日本の歴史に名を残した陰陽師を育てたんだ！

人を育てる才能に関しては、日本一だと自負している。

盛り上がる俺たちを、ドローンの整備をしていたサクヤが半眼で眺《なが》めていた。

それから俺たちは河川敷《かせんしき》へ移動して、俺は魔法を教えることにした。

しかし、しばらくすると彼女が半眼でこちらを見てくるのだ。

まるで先ほどのサクヤの目と一緒だ。

「ぬーん……」

リカさん、やめてください。やめてください……どうしてそんな顔をするんですか。酷《ひど》いです。

「こ、こう！　こうなんだ！　キュッと全身の力を込めて、ばーんって！」

「……それ、もう三十回やりました」

「あれぇ？」

俺はグラビトと一緒の時、これで魔法出せたけどなぁ。

いつしか、小学生たちが集まってきて「あー！　ヒーローものの技出してるお兄ちゃんがいるー！」と指を向けられる始末。

「はぁ……じゃあ、ソラさん。術式はどうだすんですか」

「えーっと……全身に血を巡《めぐ》らせるイメージで、ばーんと……」

「ソラさん？」

「で、でも！　俺って人を育てることにおいては自信があるんだ！」

俺が育てた子は、歴史に名を残すほどの逸材《いつざい》だったからね！

……『晴明は勝手に育ったんだろ！』って言われたら反論できない？

いやいや、晴明は俺が育てた。育てたんです！

待って、『本当ですか？』って顔してこっちを見ないで。

ぼっちだった頃の思い出が蘇《よみがえ》るんですけど！

どこからか特に言われたこともない思い出が溢《あふ》れ出す。

『やーいやーい！　お前ん頭、言語能力平安時代～！』

『脳みそソラマメサイズ～！』

シュンッ、と落ち込んでいるとリカさんが励《はげ》ましてくれる。

「ちょ、ちょっと言い過ぎましたね！　教えてくれて凄く嬉しかったですよ！」

「リカさん……」

うーん、人に呪力《じゅりょく》や魔法を教えるのは得意だと思っていた。

確かに晴明はとびきり優秀《ゆうしゅう》だったからなぁ……あの説明でほぼ理解してたし。

術式や魔法は、可視化できれば教えるのが非常に楽だったりする。

晴明は特に、呪力を見る目があったお陰もあって、俺の体内から放出される呪力を見て理解したのかもしれない。

仕方ない、違う方法で教えるか。

「おいでおいで」

くいくい、と手を振《ふ》る。

「はい？」

俺はそっと手を重ね、障害物のない川へ向ける。

一瞬《いっしゅん》だけ、彼女の体が跳《は》ねた。

「まず、視線の先に集中して。細かい所は気にしなくていい、俺が調整する」

「は、はい……！」

術式と魔法は、色んな冒険者やダンジョン配信者を見てきた大神リカですら分からないほど、見分けはつかない。

心臓の鼓動《こどう》が速いな。

緊張《きんちょう》……？　いや、怖《こわ》いのか。初めて術式を使うんだ。そりゃ怖いか。

安心させるために、少しだけ強く握《にぎ》る。

「大丈夫。俺の呪力を少し貸してあげる。魔法とは違うけど、感覚は変わらないと思うから。それで感覚を掴《つか》んで」

「わ、分かりました……！」

彼女の手を借りて、一緒に印を組む。

そうして、術式を唱えた。

「第六術式展開……神雷《じんらい》」

一本の雷が発射され、河川敷に流れている川を切り裂《さ》く。

バシャァァァン――――!!

天高く飛んだ水しぶきが、大きな音を立てた。

「うん、良い感じ！　出来たね！」

「う……」

彼女の反応を見る。

「うわぁぁぁっ!?　なんか雷が出た!?」

お、驚き過ぎでは……。

「す、凄いですよソラさん！　どうして平然としてるんですか!?　私、こんな凄いの出したことないですよ！」

「そ、そうなんだ……」

「こんな凄い魔法で今まで戦ってたんですか!?」

どうどう、と彼女を宥《なだ》める。

落ち着いて。落ち着いて……。

「凄い！　凄いですよ！　ありがとうございます！　ソラさん！」

「これくらいなら、お安い御用《ごよう》だよ」

ペチッ、と頭に何かが落ちてきた。

「ん？　あっ、魚だ」

先ほど、神雷で川を切り裂いた影響か、魚がペチペチと落ちてきている。

「わ～！　魚だ！　今日のご飯！」

あれ、なんかアオも似たようなことしてたような……まぁ、いっか！

魚の塩焼きってむちゃくちゃ美味《うま》いんだよなぁ……！　焼いてる時の、あの匂いもたまらんし！

サクヤも喜ぶかな。今日はカツさんが配信で来てるし、作ってもらおう！

ちょっと離《はな》れた場所で、リカさんが呟《つぶや》く。

「ソラさん、あんなに恰好良《かっこうよ》かったのに……急に可愛くなった……やっぱり凄い」

＊

とりあえず、術式を実感させてみて、魔法もこんな感じじゃないかなーと教えた。たぶん感覚的には合ってるはず。

その結果、たくさん手に入れた魚を塩焼きに、その光景を配信していた。

カツさんが準備をする中、俺とアオは、一緒に手を取って踊《おど》り回る。

「「魚！　魚！　魚！」」

〝草〟

〝草〟

〝草〟

〝ｗｗｗｗｗｗｗ〟

〝ｗｗｗｗｗ〟

〝こいつらほんま可愛いなｗｗｗｗｗ〟

カツさんの腕《うで》は配信で魔物《まもの》料理をしてきたお陰もあってか、もはやプロ級となっており、サクヤでさえも絶賛することがあった。

シンプルな魚の塩焼きといっても、俺やアオであればその辺の木の棒にぶっ刺《さ》して焼くのだが、カツさんは違う。

きちんと体内に残った排泄物《はいせつぶつ》や内臓を取り出し、食べやすい形にしてから焼いている。

まるでプロだ。木の棒を刺して食べる料理とは大違《おおちが》いだ。

「ちょっと待っててね。もう少しで良い焼き加減になるから」

焼き上がるのを待っている間、俺はサクヤに呼ばれる。

「ソラ、少し来てくれ」

「うぃ」

俺は踊りをやめ、そちらへ向かう。

残ったアオが、一人ぼっちで「あーゆ、あーゆ」と踊っていた。

配信外へ出て、サクヤからスマホの画面を見せられる。

「ソラ、田舎《いなか》のダンジョン配信者の人なんだが……今日配信された動画だ」

とある映像を見せてくれる。

最初はなんの変哲《へんてつ》もないダンジョン配信だ。

＊

『うーす、田舎系ダンジョン配信者です～。今日もダンジョン内で雑談したり、酒飲みながら攻略してきます～』

配信のタイトルに【ド田舎ダンジョン・洞穴《ほらあな》ファーム】と書いてある。

スマホを片手に、配信しているようだ。

配信もこれといって人気な訳ではないが、そのダンジョンにはいつも通っているようで、雑談しながら攻略している。固定ファンもいて、コアな層が応援している配信者であった。

だが、突然《とつぜん》強風が吹《ふ》いてから雰囲気《ふんいき》が一変する。

『あん？　ダンジョン内でこんな強風が吹くか？』

その疑問に答えるかのように、笑い声が動画から響《ひび》く。

『カッカッカ！　良きかな良きかな！　現代とは、まこと我《わ》が天よの！　他の妖怪《ようかい》がほぼおらんのは寂《さび》しいがな！』

流れているコメントからは、怖がるものが多い。

〝えっ……こんな声、いつもしてたか？〟

〝なんか怖い声してる……〟

〝誰《だれ》かいる……？〟

〝魔物が喋ってたりして〟

〝魔物が喋る訳ねえだろ〟

〝お前、大人気配信者のソラの式神知らねえのかよ〟

〝他の冒険者とかじゃないか？〟

田舎配信者の声音《こわね》からも、怖がっているのが伝わる。

『他の冒険者《ぼうけんしゃ》な訳ねえんだよ……!!　ここは山奥《やまおく》で、一番近い家からでも徒歩で七時間、車でも一時間近くは掛《か》かるド田舎ダンジョンだぞ……！』

〝流石《さすが》ド田舎ダンジョン〟

〝そんなところ、徒歩でわざわざ行かねえわな〟

〝どういうこと……？〟

『俺よりも前に、車は一台もなかった……！　今日は雨が降ってたし、徒歩だったら道中に足跡《あしあと》があるはずだ！　それもなかったんだよ！』

つまり、喋る魔物の可能性。

〝ヤバいってことか……？〟

〝喋る魔物は死ぬほど強いだろ〟

〝え……〟

〝逃げた方が良いんじゃね？〟

『お、おう……ちっと逃げるわ！』

配信者が背を向けて走り出す。

しかし、いくら走っても同じような笑い声が聞こえてくる。

『カッカッカ！　カッカッカ！』

〝こえええええ！〟

〝なんだよこれ⁉〟
〝いくら離れても聞こえてくる！〟
〝あれ、なんか背景変わってなくね……？〟
〝どうなってんだ⁉〟
〝もしかして合成？〟
〝いやいや、あり得ないでしょ〟
〝この人の配信でそれはない〟
その配信された動画を見ていたサクヤは、顔を上げてソラに言おうとする。
「ソ――」
しかし、ソラの名前を言いきる前に気付いた。
ソラが珍《めずら》しく真剣《しんけん》な眼差《まなざ》しで動画を見ていたのだ。
配信の動画は続く。
『カッカッカ！』
『はぁ……はぁ……はぁ……！』
いくら走っても背景は変わらない。
次第《しだい》に配信者が疲《つか》れ果て、膝《ひざ》に手を置く。

『カッカッカ！』

笑い声はまだ聞こえる。

それが気になったようで、配信者が振り向いた。

そして、動画が荒《あ》れる。

笑い声と共に、五枚の羽団扇《うちわ》がチラッと映り込《こ》んで配信が終わった。

＊

動画を見終わった二人。

「ソ、ソラ……？」

「これ、今日だよね」

「あ、あぁ……配信者によれば、気付いたら病院に運ばれていたそうだ。それが今、ネットで大きく話題に上がっていてな。合成か、新しい魔物の出現か、となお陰で田舎だったあのダンジョンは盛り上がりそうな気配があるんだ」

「助かったのか、良かった。たぶん、お酒のお陰かもね。天狗《てんぐ》はお酒が好きだから」

「え……？　天狗？」

ソラが考える。

（あの羽団扇は見たことがある……阿修羅天狗《あしゅらてんぐ》の物だ。だけど、なんでそれが現代に？）

状況を軽く整理する。

おそらく、誰かが天狗を封印《ふういん》した。だが、経年劣化《れっか》で封印が解けた。それが表に出たと考えるのが自然か。

あの扇《おうぎ》は千年以上前の物だ。一緒《いっしょ》に封印されていなければ、とっくに壊《こわ》れているはずだ。

「相当強いね、あの天狗」

さて、どうしたものか。

ソラ汁《じる》と一緒に、焼き上がった魚を食べるアオたちがいる配信へ戻る。

「あむあむ……チュー……」

〝ソラが戻ってきた〟

〝ソラ～！〟

〝何を話《はな》し込んでたんだ？〟

「実は、次に行くダンジョンの話をしてて……」

〝マジ!?〟

〝待ってた！〟

〝うし！〟

〝やったあああああああああ！〟

〝すげえ楽しみだったわ！〟

〝全裸《ぜんら》待機してました〟

「もう決まりました」

ソラは思う。

（まだあの天狗は、解き放たれて人を殺してはいない。早いうちに手を打たなくちゃね）

「次に行くダンジョンは、【ド田舎ダンジョン・洞穴ファーム】です」

〝ファ⁉〟

〝あの今日やってた、よく分かんない魔物が出たダンジョンじゃん！〟

〝え……怖くないの……？〟

〝俺、あの配信すげえ怖かった〟

〝正直トラウマなんだが……〟

〝マジで行くのかよ……〟

〝止《や》めた方が良いって……！〟

〝未確認魔物《みかくにんまもの》は流石にヤバい〟

ソラが静かに告げる。

「とある妖怪を――――退治しに行きます」

ダンジョン配信事務所【陰陽】の出動である。

＊

ソラの配信を終えて、一息つく。

「ごめん、サクヤ。勝手に決めちゃって」

「それは構わない。元々提案したのは私だ。それに、お前がしたいと思うことを全力でサポートするだけだ」

「ありがとう」

提案されたとはいえ、即決《そっけつ》したのは少し身勝手な行動だったとは反省している。

式神ズたちにも聞けば良かったかもしれない。

しかし、これは俺がやらないといけない気がしていた。

確かに、妖怪は魔物と同じで刃《やいば》を首に立てれば倒《たお》せるだろう。

だが、俺が転生してから今まで一度だって妖怪の存在は確認できなかった。

「珍しく真面目な顔をしていたな、ソラ」

「俺はいつも真面目だよ」

妖怪退治こそ、陰陽師の出番だろう。

「そういうサクヤこそ、最近は無理し過ぎだよ」

「ハハッ、そんなことはない。私はどんな状況でも――……」

「寝《ね》ぐせ、直ってないよ」

サクヤが照れた様子で髪《かみ》を直す。

俺たちにこそ疲れた様子など一切《いっさい》見せないが、ずっとサクヤの傍にいるんだ。

小さな変化や違和感《いわかん》くらい、すぐに気づくさ。

多くの人がこう思っている。

ダンジョン配信事務所『陰陽』は上野ソラがいなければ成立しない。

しかし、それは正しいようで間違っている。

焼き魚をサクヤに渡《わた》す。

「サクヤも息抜《いきぬ》きにしたいことがあるなら、教えてね」

「……っ！　わ、私にそんなものはない」

「じゃあ考えて」

「なっ！」

笑顔のまま告げた。

「全力でそれに応えるから」

俺の想《おも》いを受け取るように、サクヤが焼き魚を手にした。

【ド田舎ダンジョン・洞穴ファーム】
避難所スレpart2

223.この陰陽師が凄い！
ソラがド田舎ダンジョン行くってマジ？

224.この陰陽師が凄い！
マジ
配信で行くって

225.この陰陽師が凄い！
未確認の魔物がいるんだろ

226.この陰陽師が凄い！
配信者じゃない冒険者たちも動き出してて、深層冒険者が出てくるっぽいぞ

227.この陰陽師が凄い！
未確認の魔物を討伐して、何かドロップするかもしれないしな

228.この陰陽師が凄い！
速報、賞金が掛けられた！！
……【URL】

229.この陰陽師が凄い！
討伐賞金100万か

230.この陰陽師が凄い！
来たな

231.この陰陽師が凄い！
まぁ、いつも通り

232.この陰陽師が凄い！
未確認の魔物が確認されたら、そいつを討伐した人に100万の報酬だもんな

233.この陰陽師が凄い！
ド田舎のダンジョンだし、危険度はそこまで高くないから安いな

234.この陰陽師が凄い！
まぁ、上層に出てくるような魔物ならな、怖くない

235.この陰陽師が凄い！
ダンジョン配信者は基本来ないだろうな

236.この陰陽師が凄い！
冒険者が来るのかな

237.この陰陽師が凄い！
普通の魔物っぽいしな

238.この陰陽師が凄い！
笑い声聞こえたけど

239.この陰陽師が凄い！
喋る魔物っぽいぞ

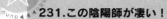

240.この陰陽師が凄い！
ソラは妖怪って言ってたぞ

241.この陰陽師が凄い！
ダンジョンに妖怪がいるっておかしくね

242.この陰陽師が凄い！
妖怪って日本古来の魔物？　みたいなものだろ

243.この陰陽師が凄い！
ダンジョンは海外から入ってきた物だから、基本的に海外のモンスターしかいないはず

244.この陰陽師が凄い！
吸血鬼とか、サキュバスか？

245.この陰陽師が凄い！
サキュバス

246.この陰陽師が凄い！
サキュバスとかいる訳ねえだろ

247.この陰陽師が凄い！
ソラがサキュバスと出会ったらどうなるんだろ

248.この陰陽師が凄い！
ソラ汁みたいに吸われる
萎んでくぞ

249.この陰陽師が凄い！

>>248
草

250.この陰陽師が凄い！
>>248
草

251.この陰陽師が凄い！
>>248
ソラ汁は伏線だった？

252.この陰陽師が凄い！
>>248
ｗｗｗｗｗｗ

253.この陰陽師が凄い！
ソラについては
どう考えてもエロい方にならないの何らかのバグでしかない

254.この陰陽師が凄い！
存在がバグだしな

255.この陰陽師が凄い！
で、妖怪はいるの？

256.この陰陽師が凄い！
>>255
居ないんじゃない？　冒険者たちも「妖怪ってなに」って感じだったぞ

257.この陰陽師が凄い！
まぁ、ソラが妖怪みたいなもんだろ

258.この陰陽師が凄い！
>>257
草

259.この陰陽師が凄い！
>>257
草

260.この陰陽師が凄い！
ソラマメ妖怪

261.この陰陽師が凄い！
>>260
新しい用語を増やすな

262.この陰陽師が凄い！
ソラマメ豆腐
ソラマメ小僧
ソラマメ妖怪
良い感じにシリーズが増えてきたな

263.この陰陽師が凄い！
まぁ、今回は大したことなさそうだし
そんなに話題にはならさそう

264.この陰陽師が凄い！

>>263
お前、ソラマメ初心者か？
ソラは大抵、『特に話題にならなそうｗ』から
日本の話題を全部持ってく奴だぞ

三章 【ド田舎ダンジョン・洞穴ファーム】

LIVE

とある土地に【ド田舎ダンジョン・洞穴ファーム】があった。

そこで発生した未確認の魔物に、100万の賞金が掛けられた。配信者ではない冒険者は、このような機会はあまりなく、大金を楽に稼《かせ》げるチャンスだと思っている。

それに多くの人も潜《もぐ》るため、何かあってもすぐに人が駆《か》けつけてくる。

この状態は普通にダンジョンへ潜るよりも安全で、駆け出しの初心者が確率は低いが、倒せるかもとやってくることが多かった。

もちろん、ダンジョン配信者も未確認の魔物と戦うことはバズるきっかけになりえる。

「現場に居合わせた大神《おおがみ》リカさんに、中継《ちゅうけい》が繋《つな》がっております！」

「どうも〜、大神リカです〜」

わらわらと冒険者が集まっているド田舎ダンジョンに、煌《きら》びやかな美少女がいる。

よくテレビにも出演していることから、安定感のある大神リカが取材され、それが生中《なまちゅう》継《けい》でテレビ放送されている。

今夜のダンジョン関連のニュースは、すべて大神リカが出てくるだろう。

それを見ていたダンジョン配信事務所『陰陽《おんみよう》』のリーダー、上野《うえの》ソラはしかめっ面《つら》をしていた。

傍《そば》に居たアカリが式神たちに耳打ちする。

「ヴァル。ソラの奴、何か落ち込んでない？」

「で、ですな……グラビト殿《どの》、どうにかできませぬか」

「知らん……アオがいけ」

「やだ！」

ソラが落ち込んでいることは目に見えて分かっている。

これからダンジョン配信しながら潜るというのに、この調子では『今回の配信、失敗するんじゃ……？』と不安を抱《いだ》くのも無理はなかった。

それに気づいたサクヤが、ソラへ近寄る。

「どうしたソラ。今日はやる気がなさそうだが」

「お、俺《おれ》も……」

「俺も？」

「俺も、あっちのテレビ出たい……」

取材を受けている大神リカへ指先を向ける。

「あっちのカメラ大きいから……！　なんか凄そうだから……！」

それを聞いていた式神三人が頬《ほお》を引き攣《つ》らせた。

(((えぇ……それが理由……？)))

「そうか。後で買ってやる」

(((それで納得《なっとく》しないと思うけど……)))

ソラがパッと表情を明るくする。

「やったー！」

アカリが半眼でその光景を眺《なが》めていた。

「……」

「……ソラ様」

「なんだ、いつも通りではないか」

「僕《ぼく》はちょっと気持ち分かる……」

和気藹々《わきあいあい》とした空気の中、それを見ていた冒険者たちが呟く。

「あれが噂《うわさ》の上野ソラかよ……」

「上の空の間違《まちが》いじゃないか？」

「ハハハ！　言えてら」

「賞金の１００万は俺たちだけどな」

ほとんどの人間は、ソラを初めて生で見る。

配信でいつも見せている穏《おだ》やかな空気と生粋《きっすい》のソラの性格を間近で見た。

それが、ちょっとした油断……『なんだ、思ってたよりも凄くないじゃん』と思わせる。

たとえ彼《かれ》が、若手の中でも一番強かったとしても、それは若手の中である。

ベテランは経験で何とかなるだろう、という余裕《よゆう》がどこかにあったのかもしれない。

だが、彼らは画面越《ご》しのソラしか知らない。

「きゃ、きゃぁぁぁっ⁉」

ダンジョン入口から叫《さけ》び声が響く。

大神リカに向けられていたカメラが、そちらへ向く。

冒険者が叫んだ。

「クソ！　誰か抜《ぬ》け駆《が》けしやがったな‼」

「数が減って良いじゃねえか」

入口から走って逃《に》げてきたのは、女性の冒険者であった。

その背後には大ナタを持った魔物。

「助けて！」

冒険者たちは視線を交互《こうご》に合わせ、どうするか迷う。

――抜け駆けした奴だぞ、誰が助けるんだ……？

その刹那《せつな》、ソラが誰よりも前に出ていた。

「――水命糸《すいめいし》」

「へっ……」

女性を襲《おそ》おうとしていた魔物《まもの》が、一瞬《いっしゅん》で両断される。

その迫力《はくりょく》に場が圧倒《あっとう》される。

「「「――ッ!!」」」

その場にいた者たちは思う。

（こいつが、生で見る上野ソラか……!!）

（冗談《じょうだん》だろ⁉　見えなかったぞ……！）

（今、何したの⁉）

（速っ!!）

水命糸を振《ふ》り解《ほど》き、ソラが息を吐《は》いた。

「大丈夫《だいじょうぶ》？」

ソラが手を伸《の》ばした。

「あ、ありがとう……」

「気にしないで」

言葉通り、ソラは特に助けたことに恩を着せることなく、前へ歩き出す。

誰かがつぶやいた。

「これが……」

これが現若手最強筆頭候補――上野ソラである。

「何してるの？　行こうよ、みんな」

＊

「こんにちは～、ソラママです～」

〝ソラの配信来たー!!〟

〝式神全員出てるやん！〟

〝最初からガチモードの奴だ！〟

〝ソラはやっぱり、ダンジョン配信じゃなきゃな！〟

式神たちが挨拶《あいさつ》をしていく。

ヴァルは相変わらず照れながら、グラビトは無視。

アオに関しては、「やっほ〜」と言って、ドローンのカメラに顔を近づけている。

〝顔近い〟

〝近い〟

〝可愛《かわい》い〟

「今日は、【ド田舎《いなか》ダンジョン・洞穴《ほらあな》ファーム】に来てます〜。未確認の魔物を倒そう！的な配信ですね」

〝式神全部出してるってことは、全力で潰《つぶ》しに行くのかな〟

〝未確認の魔物可哀想《まものかわいそう》w〟

〝他の配信者とか冒険者はどこ行ったの？〟

「なんか、入口でワチャワチャしてたので先に入ってきちゃいました」

正直、賞金とかどうでもいいし、魔物の取り合いにも興味はない。

今重要なのは、誰《だれ》も死なないようにする協力だ。

〝ソラは今回の未確認の魔物が、妖怪《ようかい》って言ってたけど、どういうことなの？〟

〝それ気になってた〟

〝妖怪って嘘《うそ》とか言われてたよ〟

〝妖怪も魔物も一緒じゃない？〟

「違《ちが》いますよ」

俺は少なくとも、魔物と妖怪は全くの別物であると捉《とら》えている。

彼ら妖怪に、魔力《まりよく》や魔法《まほう》が使えることはない。

呪力《じゆりよく》があっても、陰陽師《おんみようじ》のように術式が使える訳でもない。

「正直な意見なんですけど……俺は魔物の方が好きです。ヴァルとかグラビトとか、アオとか……」

直球で好きと言ったからか、グラビトが少し照れる。

でも、本心だ。

だって……。

思わず、ふにゃっとした顔をしてしまう。

「妖怪って厳しいんですよ。式神にしたことのある妖怪だと狐《きつね》とか『油揚《あぶらぁ》げくださいまし！　油揚げがありません！　油揚げがないと死んでしまうのです！　油揚げ！　あぁ、あぁぁぁ！　油揚げぇぇぇっ！』って夜中に起こされるし……自分ルールが面倒臭《めんどうくさ》いし。もっとヤバい子は、俺が女の子と話すと包丁持って襲いに来る妖怪が居て……」

思い出すたびにどんどん疲れていく。

考えてみれば、今の式神って男しかいないから凄く気が楽なんだよなぁ。

運動とかゲームとか一緒にできて楽しいし！

〝なんか草〟

〝油揚げ星人居て草〟

〝なんだよそいつらｗｗｗｗｗｗ〟

〝草〟

〝今のメンツに負けず劣《おと》らずで草〟

油揚げに関しては、晴明が『狐さんの発作《ほっさ》が起こったら、私が口に油揚げを放り投げます』って言って対処してたっけ……あとは『あのヤバい女の妖怪は、ソラ先輩《せんぱい》の分身を作って私が誘導《ゆうどう》しておきます』とか。

ほぼ晴明にぶん投げてた気がする……アハハ。

「まぁ、そういう訳で、妖怪ってのは自分ルールが凄くて……それが能力に繋がってるんですよね」

〝なるほどなぁ〟

〝面白《おもしろ》い〟

〝妖怪ってそんな感じなんだ〟

アオが頬を膨《ふく》らませ、文句を言う。

「僕たち、そこまで頭おかしくない。むー！」

グラビトが素早《すばや》く口を挟《はさ》む。

「アオはおかしいだろ。カツの配信に交ざって、完成する前の料理を『おいしー』って食べてるだろう」

「………………」

「おい、こっちを見ろ」

まぁまぁ……と宥《なだ》める。

「狐ならテレポート的な能力と、神通力、心を読む能力とか変身……色々ありますねー」

〝今どき妖怪なんていないからなー〟

〝新鮮《しんせん》ではある〟

〝ソラの話聞いてると、妖怪って本当にいる感じするわ〟

「本当にいるんですけどね……証拠《しょうこ》が横にいますし」

俺の声に、アカリは前を向きながら答えた。

「御影《みかげ》家は代々祓《はら》い屋をやってきたから、確かに生きた証人ね」

〝祓い屋って本当に居たんだ……〟

〝なんか素敵《すてき》〟

〝陰陽とは何か違うの？〟

「そうね。分かり易《やす》くいえば、陰陽師は祓って成仏《じょうぶつ》させたりするけど……私は消滅《しょうめつ》っていうのが正しいわね」

〝アカリの方が容赦《ようしゃ》ないのか〟

〝消滅……〟

〝戦闘《せんとう》特化かな〟

「そう。だけどソラ、妖怪なんて会ったことないんだけど？」

アカリは言葉を続ける。

「文献《ぶんけん》では居たって言われてるけど、本当に居たのかどうかすら……ねぇ、聞いてるの？ソ――……」

アカリが後ろへ振り向くと、そこには至近距離《しきんきょり》のアオの顔があった。

あまりの近さに、アカリが叫んだ。

「うぎゃあああ！」

無表情のまま、アオが首を縦に振る。

「僕がソラだよ～」

「嘘つくな！」

「バレた」

そこでようやく、御影アカリは気づく。

「――――ッ!!」

それは違和感だった。

「待って。ソラもいないし、ドローンもいないじゃない」

先ほどまで、確かにそこにいた。

アオ以外全員、この場に居たはずなのだ。

「……みんな、どこに行ったの？」

瞬《まばた》きした時には、もうそこにはアオ以外誰もいなかった。

＊

その瞬間《しゅんかん》、ソラは驚《おどろ》いた。

「――――……おっ？」

後ろを振り向いてみても、そこには誰もいない。
ヴァルもグラビトもアオも……アカリも。
まるで自分だけ違う世界に一瞬で取り残されたような恐怖《きようふ》。
「あ～……これ、神隠《かみかく》しだ！」
【判明】
天狗《てんぐ》の能力
神隠し
〝あれ、ソラしかいない〟
〝今何が起こった⁉〟
〝あれ⁉　みんな一瞬で消えたぞ⁉〟
「これは、神隠しって奴ですね。妖怪の能力です」
〝マジ……？〟
〝え、魔物よりも厄介《やつかい》じゃないこれ〟
〝ボス部屋関係なく仕掛《しか》けてくんの⁉〟
〝セオリーガン無視かよ……！〟
妖怪にセオリーなんてものはない。

特に天狗の場合はそうだ。

神隠しに遭《あ》った場合、それは孤立《こりつ》した空間となり、いくら走っても逃げ出しても、同じ場所をぐるぐるするだけである。

最初に天狗と遭遇《そうぐう》した冒険者《ぼうけんしゃ》は、神隠しに遭い、逃げることができなかった。

「どーしよっかなー。誰のところに天狗が行ってるんだろ」

腕《うで》を組んで悩《なや》む。

〝他のみんなは大丈夫⁉〟

〝かなり強い奴らだから大丈夫じゃないかな〟

〝いや怖《こわ》すぎる……〟

コメントも不安で膨れ上がっていく。

そりゃ、誰だって怖く感じる。

特にこれは動画ではなく、ライブ配信だ。

実際に今、現実で起こっていることなのだ。

サクヤから声が届いた。

「『ソラ、どうなっている？　アカリたちは大丈夫なのか？』」

「たぶん問題ない。それより連絡《れんらく》取れそう？」

「『いや……通じないな』」

「そっか」

〝ソラがいると、少し安心するな〟

〝これが吊《つ》り橋《ばし》効果って奴か……〟

〝草〟

ふむ……大方、各個撃破《げきは》を狙《ねら》っているというところか？

でも、まだ俺が陰陽師であることは知られてないはず……それにしては手が早い。

妖怪の眼は相手の呪力量が分かる。でも俺は呪力阻害《じゅりょくそがい》を使って、妖怪から呪力が判別できないようにした。

妖怪を油断させ、隙《すき》を見せて襲わせる。そこを叩《たた》くのが、妖怪を倒《たお》す最も楽な方法だ。

「もう俺が陰陽師だとバレた……？」

そうだとしたら、もっと違う方法で仕掛けてきてもおかしくない。つまり、俺が陰陽師だとはバレていない。

そうならば、狙いは俺ではない。

思わず真剣《しんけん》な面持《おもも》ちで、目を細めた。

戦闘特化のアカリが狙いか……？　アカリを一番厄介だと判断されたか。その判断は間違いではない。

普通は祓い屋がくれば、大抵の妖怪は逃げるものだ。それを逃げずに立ち向かってくる時点で、こちらとの闘《たたか》いは避《さ》けられない。

かなり強気の妖怪か、それ相応の実力があるか。

アカリ一人でそれを相手に……。

数秒の逡巡《しゅんじゅん》、結論へ至る。

「違う。これは……」

すっかり忘れていた。

呪力を持っているのは、俺だけじゃない。

＊

ガサガサッ、とスナック菓子《かし》の袋《ふくろ》をアオが逆さまにした。

「……何もない。真《ま》っ暗闇《くらやみ》」

「あぁ、せめてソラと一緒《いっしょ》が良かったわ……」

「アカリ、酷《ひど》い」

アカリが持ってきていたお菓子をアオが平らげ、「おかわりある？」と聞いてきた。

「それよりも、この状況《じょうきょう》……どういうこと？」

「分からない。でも、分かる」

アオが指をさした。

「なんかいる」

その方向へ、アカリも視線を向けた。

そして、その眼でアカリは観測した。

「カッカッカ！」

笑い声。

その瞬間、背筋から嫌《いや》な悪寒《おかん》が走る。

初めて見た怪異《かいい》の者。人でも魔物でもない存在を、はっきりと認識《にんしき》した。

（なに、こいつ……？　普通じゃない……！）

思わず、アカリは槍《やり》を握《にぎ》りしめる。

それに対して、平然とした様子でアオが問いかけた。

「……君、誰？」

それはダンジョンの天井《てんじょう》に居て、翼《つばさ》のある人影《ひとかげ》があった。

長い鼻の仮面に、五枚羽の団扇《うちわ》を持ち……酒を飲んでいる。

「小童《こわっぱ》よ、儂《わし》を討伐《とうばつ》しに来た陰陽師か？　まだ厄災《やくさい》からの生き残りがおったとはな！」

奇《く》しくもここに、イレギュラーな存在vsイレギュラーな存在の構図が出来上がっていた。

本来は一千年前に陰陽師によって封印《ふういん》された天狗。

本来はソラによって討伐されるはずだったドッペルゲンガー。

それはまるで、異なるゲームで生まれたバグ同士の出会いのようであった。

「どうであれ、やることは変わらぬな!!」

天狗が五枚羽の扇《おうぎ》を振った。

「天狗風・かぎ爪《づめ》」

かぎ爪のような五つの風が、斬撃となって飛んでくる。

アカリは眼を使い身体で回避《かいひ》し、アオは呪層壁《じゅそうへき》を展開し防いだ。

「名前も名乗らず、急に攻撃《こうげき》を仕掛けてくるなんて、随分《ずいぶん》と野蛮《やばん》ね」

「そうかの？　名乗るなら、そちらから名乗ればよいじゃろう」

余裕の笑《え》みで、こちらを挑発《ちょうはつ》するように天狗が笑った。

「僕はアオ」

「カッカッカ！　良き名だ！」

「僕はアオ！」

さらに続ける。

「僕はアオ」

「もう聞いたわい！」

アオがソラのように指先を構え、相手へ向けた。

「こっちはアカリ」

アオの言葉は、開戦の幕開けであった。

アカリが動く。

天狗が咄嗟《とつさ》に後ろを向いた。

「――――……ッ‼」

（このアカリとかいう小娘《こむすめ》、儂の後ろを狙ったな）

「水命糸」

「赫槍《あかやり》……二連‼」

挟むように攻撃を放ち、衝撃波《しょうげきは》が走る。

数枚の羽根が散った。

アカリが着地すると、舌打ちする。

「クソ、躱《かわ》された」

天狗は先ほどの攻撃を回避し、二人から距離《きょり》を取っていた。

「カッカッカ！　水色とな！　平凡《へいぼん》じゃな！　それにそっちは御影家の者だったか。道理で嫌な感じがするはずじゃ」

「正体に気づいていたみたいね」

「先に潰そうと分断して正解だったわい。御影家とは何度か刃《やいば》を交えたことがあっての。じゃが、儂にはその刃は届かなかった」

アカリは身構えながら、疑問を口にする。

「あんたは何がしたい訳？　意思疎通《そつう》ができるみたいだけど……」

「儂が悪いことをしたから、と封印した人間どもへの復讐《ふくしゅう》じゃ」

アカリが、ふーん逆恨《さかうら》みか、といった面持ちをする。

「ダメ！　人間、友達。良いことといっぱいしてくれる。復讐は身を滅《ほろ》ぼす」

「はんっ、貴様らの話に耳など貸すものか！　どうせ儂に嬲《なぶ》られるだけの存在じゃろうて」

あながち、ほら吹《ふ》きではなかった。

アカリは『陰陽』において、ソラに次ぐスピードを持っている。それを軽々と躱され、攻撃力《こうげきりょく》も天狗の方が上であった。

長期戦は不利。

もしもここにいたのが、アオではなく防御《ぼうぎょ》に優《すぐ》れていた騎士《きし》王・ヴァルサルクであれば、長期戦に持ち込《こ》んで助けを待つこともできた。

アオが式神になってから、戦闘においてどれほど戦えるかを、御影アカリは知らなかった。

（どうする……私）

悩んでいるアカリに対し、アオが小さく呟《つぶや》いた。

「アカリ……僕は、ソラじゃない。ヴァルでもない、グラビトでもない」

アオの言っていることにアカリが驚く。そうして納得したように頷《うなず》いた。

「あんたがソラじゃないことくらい、分かってるわよ。あんたはあんたの得意なことをしなさい」

アオはそれに満足したようで、とても珍《めずら》しく微笑《ほほえ》んだ。

「ほら、人間って良い。僕を個人として見てくれる。面白いでしょ？」

自分は無数にいる魔物の一匹《ぴき》ではない。

「天狗は、人間、分からない？」

ここには上野ソラのドッペルゲンガーとして現れ、アオと呼ばれるようになった人がいる。

アオにとって、人間とは自分を無下に扱《あつか》わず、尊重してくれていると理解していた。

アオは既《すで》に、確固たる自分を持っていた。

「分かるとでも思うか。人間は例外なく害悪じゃ」

「じゃあ、戦うしかない」

アオが構えた。

「第一術式展開……水命糸」

天狗は自身の翼を揺《ゆ》らし、ダンジョン内部に大風を吹かせた。

真っ直《す》ぐに伸びた糸は勢いを殺され、どこかへ飛んでいく。

あまりの風に、アオの前髪《まえがみ》がすべて逆立つ。

「糸が届かない」

「そうじゃそうじゃ！　届かんぞ！　カッカッカ！」

心底楽しそうに、天狗は快活に笑う。

「どうするどうする！　陰陽師！」

「どうしよ……なんて嘘」

またもや不敵に笑うアオ。その姿はどこか上野ソラを彷彿《ほうふつ》とさせていた。

だが、それを見ていたアカリは全く違う感情を抱く。

(あいつ、笑い方がソラと全然違うじゃない。ソラは戦闘でどこまで通じるのか、自分の実力を測るのが楽しくて笑うのに……アオは……)

アオと連携《れんけい》し、攻撃を放つために準備していたアカリはさらに思う。

(敵を手玉に取ることが楽しそうに笑う)

「第七術式展開……」

第七術式……それはソラから与《あた》えられた術式であった。

アオが天狗へ手を向けた。

「悪食噛竜《あくじきごうりゅう》」

アオの腕が竜の頭へ変化し、にゅるにゅると伸びていく。

「この前、カツが配信で作った竜の料理」

自身が食べ物を具現化し、コピーして出現させる能力こそが第七術式であった。

もしもこれが通常の人間であれば、たいした脅威《きょうい》にならず扱いもかなり難しい術式で終わっていた。

しかし、人間の姿をして、カツの魔物料理を食べるアオにとって、これほど相性《あいしょう》の良い術式は存在しなかった。

誰かを真似《まね》ることにおいて、ドッペルゲンガーよりも右に出る者はいない。

この術式は、アオの可能性を大きく広げてみせた。

少し油断をしていた天狗にとって、この攻撃は初見であった。

「なんじゃそれは⁉　儂の知っておる生き物ではないぞ！」

天狗は大きく後退するも、一歩早く竜の速度が勝った。

「避けられぬか！」

「捕《つか》まえた。このままその翼、嚙《か》み千切る」

ニヤリ、と天狗が笑う。

シュンッと強風が吹くと、捕まえた天狗の姿が消える。

「……あれ？」

確かに竜は天狗へ嚙みついたはずだった。

「天狗風・影《かげ》分身」

快活な笑い声が響《ひび》く。

「カッカッカ！　儂の影分身は凄《すご》いじゃろ」

「影分身……？」

「儂の風で生み出した分身じゃ。攻撃力も同等ほどの力を持っておる」

つまり、アオの攻撃は影分身で躱されていた。

「卑怯《ひきょう》とは言うまいな？」

半眼でアオが黙《だま》る。

「……」

数秒ほどの沈黙《ちんもく》があったのち、語気を強くしながらアオが叫んだ。

「卑怯!! 使うのダメ！」

アカリが頬を引き攣らせる。

「あんた、プライドないの？」

「だって、勝てない。あれ厄介」

風による攻撃と、影分身で回避性能も高い。

さらに、まだ隠《かく》している攻撃が多くある様子の天狗へ、アオは面倒《めんどう》そうな顔をしていた。

「なんじゃ、随分と諦《あきら》めが良いな。現代の陰陽師はこんなものか？」

「僕はソラじゃない。最近分かったことだけど、僕はソラと似ているとはいえ、性格のすべてが似ている訳じゃない。性能もソラの方が上だよ」

天狗が眉《まゆ》を顰《ひそ》めた。

「ソラ……？」

「ソラはなんでも、一人でこなしてしまう」

アオが心の中で思う。

文字通り全て背負うんだ。

背負わなくても良いようなことも、勝手に背負って一人ですべて終わらせようとする。

正直、悪い癖《くせ》だと思う。そうサクヤも言ってた。

あと今隣《となり》にいる、確か御影アカリだ、彼女《かのじょ》もそう言ってた。

僕はできないことは、不可能なことは……人に頼《たよ》る。

＊

「僕、最強の武器ある」

「ほう？　まだ隠しネタがあるとはのぉ、良いぞ、見せてみるが良い！」

懐《ふところ》からソラマメのマークが入った、防犯ブザーを取り出す。

アカリは虚《きょ》を突《つ》かれて、声を漏《も》らした。

「えっ、防犯ブザーが最強の武器なの？」

それからアカリは何かを察したように、耳を塞《ふさ》いだ。

そしてアオが一気に引き抜く。

ピピピピピピ!!

「ぬがあああああ！　耳があああ！」

「ニヤリ……効果抜群《ばつぐん》」

「この！　うるさいわ！」

天狗が扇を大きく振る。

騎士王ヴァルサルクの『断絶《だんぜつ》』にもよく似た風の斬撃が飛んでくる。

「ッ――――!!」

スパッと心地《ここち》良《よ》い音が響き、アオの腕が宙を舞《ま》う。

「アオ!!」

「……僕の腕、吹っ飛んだ」

まるでスライムのような体に、天狗が眉をひそめた。

「なんじゃ？　小童……人間ではなかったか」

アオは変わらず無表情のまま続けた。

「うん、僕《ぼく》はアオ」

「それはさっきも聞――――」

「お兄ちゃんがいる」

「ん？」

微笑みながらアオが続きを言葉にする。

「最強のお兄ちゃん」

ソラマメのマークが入ったブザーが鳴り止《や》む。

「ブザーを鳴らすと、必ず来てくれる」

アオの腕を切断するほどの攻撃を放ち、未《み》確認《かくにん》の喋《しゃべ》る敵が目の前にいる。

ソラマメブザーは、ソラが与えたお守りであった。

緩《ゆる》やかだった空気が、一つの足音をきっかけに一変する。

「……なんじゃ？」

ただの足音。

されど、その一挙手一投足に意識が向く。

――何かが来る。

その迫《せま》る予感に、天狗は警戒《けいかい》を最大限まで強めた。

＊

天狗は、足音に意識を向ける。

助けを呼んだか……軟弱《なんじゃく》な奴《やつ》じゃの。

じゃが、一人や二人増えたところで、儂の敵ではないわ！

これほどまでに陰陽師が弱い世になっておるとはな……これならば、儂の時代が来たと言っても過言ではない。

冒険者、とやらが居た所で、儂ならば……。

「第六術式展開」

「ぬ？」

刹那、呪力がブワッと増える。

ぬ……何か違う。あのアオとは何かが決定的に違う。

「複合術式……第一術式展開、第二術式展開」

なんじゃと！

目を見開く。

「ッ――――!?」

三つも掛《か》け合わせるじゃと!?

そんな陰陽師は……いや!!
知っておる。儂はこの戦い方を知っておる!
記憶《きおく》の中に、一人おるではないか!
「カッカッカ！　カッカッカ!!」
呪層壁が展開され、壁に反射して水命糸が飛んでくる。
雷《かみなり》による底上げされた威力《いりょく》と速さ。
天狗の気が付いた時には、目前まで雷の糸が迫っていた。
「【真雷水命糸】」
バァアアンッ……!!
土埃《つちぼこり》が舞う。
ザザッと、脳裏《のうり》で記憶を思い出す。
風になびく外套《がいとう》と後《うし》ろ髪《がみ》。
儂を封印した忌《い》まわしい陰陽師……。
よく似ている。儂の記憶にいる奴と、よく似ておる。
別人だとは理解しているが、どうしてもその姿と重なる。
「陰陽師!!」

そこには、風で髪《かみ》が揺れている上野ソラが居た。

＊

〝大丈夫《だいじょうぶ》そうで良かった……！〟

〝えっ、でもアオの腕切られてるじゃん！〟

〝うわ……！　やば……！〟

〝この敵、めちゃめちゃ強いってことじゃない？〟

神隠しから抜《ぬ》け出してきた俺《おれ》は、アオの救援《きゅうえん》に来ていた。

どうやらアオの片腕《かたうで》は、天狗に腕を切断されてしまったらしい。

「アオ、大丈夫？」

「僕の腕、取れちゃった。ソラー、腕治してー」

「いいよ」

〝言い方が軽い！〟

〝え、治せるの……？〟

〝いやいやｗ　無理でしょｗ〟

〝ソラならいけるかもしれんけど……〟

〝どうやるの？〟

ふむ……くっつけばすぐに治りそうだな。

「アカリも無事で良かった」

「あ、当たり前でしょ！　深層冒険者なめるんじゃないわよ！」

おや、何やら怒《おこ》らせてしまったようだ。

親心に近い気持ちで言ったのが、良くなかったのかもしれない。

でも、アカリパパとママから預かってるような感覚もあるからなぁ。

「小童、どうやって神隠しから出てきた？」

「神隠しは空間を切り取ってループさせているだけでしょ？　なら、水命糸で空間を繋《つな》げれば出られるよね」

「なんじゃ、儂らの能力を知っておったか」

「天狗の相手は初めてじゃなくてね」

天狗が「ほーう」と嬉《うれ》しげに視線を向けた。

そそくさと、俺はアオの腕を繋げるための準備をする。

「カッカッカ！　その戦い方にその実力――――」

「待って、今集中してるから」

「……」

〝天狗が黙ったｗｗｗｗｗｗ〟

〝なんで素直《すなお》に聞くんだよｗｗｗ〟

〝確かに面白いけど、ソラの術式を見ようとしてる可能性がある……？〟

〝なるほど……！〟

〝意外と賢《かしこ》いのか⁉〟

「……小童、終わったか？」

「もうちょっと」

アオの切断された腕をくっ付け、接続部を手で触《さわ》りながら俺は心の中で術式を唱える。

「よし、くっついた」

「おぉ～！　治った～！」

〝ふぁ⁉〟

〝魔法《まほう》か⁉〟

〝どうやったんだ……？〟

コメントと同じように、天狗も驚いた面持ちをしていた。

「おい……！　今、何をした……？」

俺は人差し指を立て、「秘密」と微笑んだ。

先ほどの言葉を、天狗が続けた。

「ふんっ教えぬなら構わぬ。その戦い方、陰陽師の中でも特殊《とくしゅ》中の特殊、晴明家の者だな？」

「晴明家……？　俺、血筋の者じゃないよ」

ちゃんと調べたけど、俺もこの体も別に血筋じゃないし。晴明の血筋ならアカリなんじゃないか？

「冗談《じょうだん》はつまらぬぞ。いくら千年前とはいえ、最強の陰陽師の一人である晴明の戦い方を知らぬはずがあるまい」

「いや、本当に知らないんだけど……」

「……変な奴じゃの」

俺が冗談で言っていないことを理解したのか、天狗が眉を顰める。

「変じゃないよ」

「変じゃろ」

〝なんか始まったぞ〟

〝草〟

〝敵からも変って言われてて草なんだ〟

「一応、言っておきたいんだけど、人がいないところで静かに暮らしてくれない？　別に俺、妖怪《ようかい》だからって祓《はら》うタイプじゃないし」

「そう言った陰陽師が他にもおった」

「その人はどうなったの？」

ニヒヒッ、と天狗が笑う。

「半殺しじゃ」

「……そっか」

話し合いは決裂《けつれつ》。

陰陽師と妖怪。元よりお互《たが》いが出会えば、そこにあるのは戦いのみ。

出会ったら殺し合わなければならない。それが俺は嫌《きら》いだった。

天狗が五枚羽の扇を強く握りしめる。

「儂ら妖怪は、陰陽師に多くの同胞《どうほう》を殺された」

俺は腕を組んで頷く。

「その敵討《かたきう》ちはごもっとも」

「千年も封印してきた陰陽師を、儂は殺したいほど恨《うら》んでおるからのぉ……」

「千年も封印されてたら、それもそうだ」

〝全部認めたぞ⁉〟

〝ソラ⁉〟

〝ここは否定して、『それは違《ちが》う！』って言うんじゃないのか⁉〟

「この天狗は間違《まちが》ってないと思いますよ」

人だって、嫌なことをされたら忘れないものだ。

それは魔物《まもの》だろうと妖怪だろうと何一つ変わらない。

天狗が扇を大きく振《ふ》り下ろす。

「儂は陰陽師を殺し、この世に再び妖怪の世界を築こうぞ！」

強く風が吹いた。

服がバサバサと音を立て、髪が後ろになびかれる。

その強風でドローンが揺れた。

〝うわぁぁあっ⁉〟

〝風つっっっよ！〟

〝音がすげえ……〟

「儂の名は千年天狗!!　名を聞こう、陰陽師！」
俺は腕を組んだまま名を告げる。
「上野ソラ」
それを合図にするかのように、千年天狗が突っ込んで来る。
なぜ天狗がダンジョンに居るのか。
千年前に退治ではなく封印されていた理由はなんなのか。
知りたい事は多くある。
〝ソラが動かないぞ……？〟
〝何してるんだ？〟
〝ソラ、相手突っ込んできてるよ⁉〟
〝動け！　ソラ！〟
〝え、避けないつもりなの⁉〟
俺は片手で印を組む。
「カッカッカ！　何をしようと無駄《むだ》じゃぞ！」
呪力《じゆりよく》を体内で循環《じゆんかん》させる。
先ほど、アオの腕を繋げるために使った術式を使う。

御影の家で見つけ、サクヤに材料を買ってもらって、アオに第七術式を与える際に修理したものだ。

妖怪は呪力を目視することができる。

俺は呪力阻害を使って、その眼を潰《つぶ》していた。

だからこそ、天狗《てんぐ》は油断して突っ込んできた。

しかし、その阻害《そがい》はもういらないだろう？

「ッ!?　なんじゃ、その呪力量は……!?」

指先を天狗へ向ける。

「――第九術式展開」

＊

ソラが手印を構える。

「第九術式展開」

前方から突撃《とつげき》している千年天狗は奥歯《おくば》を強く噛《か》む。

（ギリギリまで呪力を隠していたか!!　小癪《こしゃく》な奴め）

ソラへ向かっていく突風《とっぷう》が、さらに強くなる。

そうして、千年天狗は笑った。

（奴はミスを犯《おか》した。これから奴が放とうとしているのは、アオの腕《うで》を繋げた時に使った物と同じ）

ソラが御影の蔵《くら》で拾った第九術式の腕輪《うでわ》は、術式を発動すれば光る特性があった。

それを天狗は見抜《みぬ》き、さらに推測していく。

陰陽師との戦い、それは単なる力比べや呪力による戦いではない。

相手の手を潰し、こちらの有利な手を通す。

今、ソラが第九術式を発動した時に道具が光った。

（小童はアオに近寄って術式を発動した。つまり、上野ソラの第九術式は近距離《きんきょり》型！）

奴へ近寄らなければ良い、と結論を出す。

（術式を空振《からぶ》りさせて、意表を突く。そこを刺《さ》す……！）

感覚で第九術式の射程を見極《みきわ》め、千年天狗は大きく扇を振った。

「逆風」

ソラが僅《わず》かに眉を動かした。

「ん？」

ソラとの間合い、術式圏外《けんがい》ギリギリのところで天狗は止まって見せた。

「ほう、術式を発動しないか」

術式を空振りさせる、という狙《ねら》いは誰《だれ》の眼から見ても明らかだった。

〝あの速度から止まれるのか！〟

〝すごっ……〟

〝ピタッ、と止まった⁉〟

ソラは天狗の狙いに気付き、印を組んだまま動かない。

今度はより近くでお互いに向き合う。

そうして上から覗《のぞ》き込むように、天狗が煽《あお》る。

「どうした、術式を発動しないのか？」

「……」

「それとも届かないのかのぉ？　近距離型の術式だからじゃろう？」

〝めっちゃ煽るやん〟

〝こいつ、意外と考えて戦ってるのか？〟

〝煽ってくる魔物なんて聞いたことないんだけど……〟

〝なんか対人戦みたい……〟

〝ソラ、挑発に乗るなよ！〟

視聴者数《しちょうしゃ》の増加につれて、多くのコメントが流れていく。

ソラのまだ見せたことのない第九術式の登場、それに未確認の魔物。

それを見ている視聴者は数百万人にも上る。

その誰もが、『ソラは出鼻を挫《くじ》かれた』と思う。

ソラの第九術式は近距離型の術式で、ここは他の術式を使うしかない。

「発動後の隙《すき》を狙われれば、陰陽師は無防備だからの。違うか？」

相手が第九術式を使え、と挑発していることは明白である。それにわざわざ乗ってやる必要はない。

「そうだよ。発動後の隙は無防備だ」

〝こうなったら、他の術式を使うしかないでしょ〟

〝アオと協力すれば余裕《よゆう》で勝てるんじゃね？〟

〝最強兄弟コンビ……！〟

〝ソラはなんで動かないんだ？〟

〝まぁ流石《さすが》に第九術式は使わないいな〟

〝ソラ、どうするんだ……？〟

刹那《せつな》、ソラは続けた。

「でもね……第九術式展開」

「────ッ⁉」

第九術式の腕輪が光る。

〝ファ⁉〟

〝使えって誘《さそ》われてるのに使うの⁉〟

〝え、近距離型の術式じゃないの〟

〝どういうこと⁉〟

〝外したら隙を狙われるだろ⁉〟

コメントと同じように、天狗も内心で驚《おどろ》く。

（近距離型の術式ではないのか？　だから、儂が止まっても術式を発動しなかったのじゃろう⁉）

「距離をッ」

天狗の予想は当たっていた。

第九術式────それは、近距離向けの術式である。

その道具の正式名称《めいしょう》はククリ。

過去、ソラが愛用した道具の一つである。

「――水命結糸」

＊

千年天狗は距離を取り、眉間《みけん》を寄せる。

「なにも起こらんではないか」

「もう起こっているよ」

「ハッタリを抜かせ。術式を外したことを認め……」

そこでようやく、天狗は違和感《いわかん》に気付いたようだ。

「足が……上がらない？」

天狗の足は、まるで地面と足が糸で縫《ぬ》われたようにピクリとも動かない。

「第九術式は水命糸の進化系。水命糸ってさ、手から一本か二本程度しか出せないんだよね」

自身の周りに水色の糸を纏《まと》わせる。

「威力や強度は十分、でも手数に欠ける。だから、俺は作ることにした。いっぱい糸が出せる術式をさ」

威力や強度は落ちるが、細かく大量の水命糸だ。

平安時代、陰陽師たちは第九術式のことをこう呼んでいた。

見えない糸。

「……見えないほど、細かい糸か!!」

「そういうこと。凄いでしょ」

俺は鼻を高くする。

これを作るのにどれほど苦労したか。

細かすぎる糸を一本ずつ脳内処理なんかできない。その処理を道具に背負わせることにした。

お陰《かげ》で、消費の激しい術式になってしまった。道具もすぐ壊《こわ》れるし。

でも、さっきのアオの腕を繋げたように、人を治すこともできる。

俺の中ではお気に入りの術式なのだ。

〝なんか地味〟

〝見えない糸か、強そうだけど画面越《ご》しだと見えんな〟

〝もっと派手なのかと思ってた〟

〝でもドヤ顔可愛《かわい》いからヨシ〟

〝ドヤ豆〟

「あれ？」

思ってた反応と違う。

いや、でも画面越しだと実際見えないか。

俺も目を凝《こ》らしても分からない事あるし。

うーん、何か違う術式の方が良かったのかな……と悩《なや》んでいると、天狗が動きを見せた。

「この程度の術式で……」

逃《に》がすか。

「複合術式展開」

「天狗風！」

ビュンッ、と風が吹《ふ》く。

「……あれ、いない」

天狗はソラの複合術式を発動される前に抜け出し、俺たちの頭上に飛んでいた。

速いな……俺より速いんじゃないか？

こりゃ、正面からは捕まえられない。

アオやアカリが苦戦するわけだ。

あの風からしても、火力は随分《ずいぶん》と高そうだし。無数の糸を風で断《た》ち切ったようだ。

「どの時代でも、陰陽師の戦い方は変わらぬな。小癪で小細工を使う。見えない糸など、晴明家そのものみたいではないか」

「そう言われても……俺、パワー型の陰陽師じゃないし」

俺の本質は手数にある。力だけのゴリ押《お》しなら、俺の実力は晴明にすら及《およ》ばないだろう。

アオが「やろうとすればできる癖に」と呟《つぶや》く。

「でも、パワーでゴリ押されるよりも、パワーもあって手数もあって、崩《くず》すことができないって嫌《いや》じゃない？」

「嫌。僕より性格悪い」

「でしょでしょ」

あれ、今性格悪いって言った？

「ふむ……全員同時に相手をするのは厄介《やっかい》そうじゃ。どれ」

千年天狗が扇《おうぎ》を大きく振る。

「天狗風・完全影分身――――三体いれば、互角《ごかく》じゃろう？」

アオとアカリが身構えた。

「本体は俺がやる。二人に分身を任せてもいいかな」

パッと見た感じ、本体以外はそこまで脅威じゃない。

この二人なら、倒《たお》すまではいかなくても負けることはありえない。

ヴァルやグラビトも居てくれればもっと助かるけど……自力では神隠《かみかく》しからは出てこられないはずだ。

「あい」

「良いけど……あんた、大丈夫なの？」

心配してくれるアカリへ、手袋《てぶくろ》をはめ直しながら自信満々に答える。

「任せて」

＊

距離《きょり》を取りながら、アオたちから離《はな》れたソラへ、追っていた天狗が攻撃《こうげき》を放っていた。

（このくらい離れていれば、問題ないか）

ソラが動いた。

「第二術式展開、呪層壁」

指先の照準を天狗に合わせ、真《ま》っ直《す》ぐ狙うと見せかけてから急に方向を変えた。

「水命糸」

〝出た！〟

〝これマジで予測不能な動きするよな〟

〝この動きすこ〟

呪層壁を展開し、「水命糸」を放つ。

直線的に水命糸を放っても、おそらく風で届かないと思う。

なら、風の影響《えいきょう》を受けないよう糸を伸《の》ばせばいい、とソラは考えていた。

何度も反射し、洗練された軌道《きどう》を描《えが》いて天狗へ糸が伸びる。

水命糸が複雑な軌道からギュギュッ、と天狗の腕へ絡《から》まった。そうして勢いよく引くも、天狗を両断するには至らない。

ソラが呟く。

「……硬《かた》いな。風を腕に巻いてるのか？」

天狗は今、自身の体に呪力の風を纏っていた。

言うなれば、ヴァルのような強力な防具を付けている。

水命糸では決定打にならない。これは強い妖怪を相手にするとよくあることだ。

基礎《きそ》だけでは倒すことができない。

「カッカッカ！　捕《つか》まえたぞ！　このまま糸を引っ張ってやろう」

ソラが不敵に笑う。

「いいよ、綱引《つなひ》きしようか？」

*

綱引きをしながら、俺は考《かんが》え込《こ》んでいた。

素直に力勝負はしない。

空いている方の手で印を結び、ふと思う。

炎《ほのお》系は風で勢いを殺されるか。

風に負けず、それでいて威力のある直線的な攻撃。

なら——……。

「第六術式展開」

千年天狗《てんぐ》が扇を身構える。

「天狗旋風《せんぷう》」

「……貫雷《かんらい》」
風と雷が衝突《しょうとつ》する。
疾風《しっぷう》が雷を霧散《むさん》させる。
周囲を巻き込むように、バチバチとダンジョンの壁を走った。
へえ、ダンジョン内で天狗風とぶつかるとこうなるのか。
雷も霧散できるのね。炎だったら、もっと酷《ひど》いことになっていたかもな。
〝うお！〟
〝今、ビリビリってすげえ雷が走って行かなかった？〟
〝あんなの初めて見たわ〟
術式発動後、目前に天狗の影《かげ》が迫った。
五枚羽の扇が振り下ろされる。
自分の速さをよく理解している。
「第三術式展開……出ろ」
刀を出し、咄嗟《とっさ》に応戦する。
キィインッ……！　と火花が散った。
互いの武器が弾《はじ》ける。

〝よく防いだソラ！〟
〝仕切り直しだ！〟
〝弾いた瞬間《しゅんかん》しか見えなかったんだが⁉〟
これで仕切り直し？
違う。
勝負はここからだ。
綱引きしていた水命糸の手で、新しく印を組む。
「第六術式展開……雷神《らいじん》」
千年天狗が目を見開いた。
「糸から雷を流して体内に……ッ⁉　ぐうっ⁉」
千年天狗の体の中へ電撃《でんげき》が走る。
これなら風は関係ない。
電撃を体内に流され、動きが止まった敵へ刀を両手で振り上げる。
カチャ……と音が鳴ると、刀身が光る。
俺が刀を振り下ろすと、静寂《せいじゃく》がその場を包んだ。
決着。

ドローンを通して見ていた人々みなが思った。
しかし、手に来るはずの感触《かんしょく》は、まるで空を切ったような虚無《きょむ》だった。
切れてない……！
「刀も効かぬぞ？」
確かに当たったはずなのに、切れてない。どういうこと？
……考えろ、思考を止めるな。
〝ソラ！〟
〝ソラ下がれ！〟
〝逃げろ！〟
〝ヤバいッ!!〟

＊

ソラに大きな隙が出来た。
その隙を千年天狗は見逃《みのが》さない。
五枚羽の扇が振り下ろされる。

「天狗風・風神!!」

誰の目から見ても、攻撃が当たることは必至だった。

コメントを打つ人たちの手が止まった。

ソラにとって残された手段は、限られている。

防御系《ぼうぎょ》の術式である呪層壁を展開しようにも、発動が間に合う保証がない。

ソラはさらに考える。

(違うな。防御の術式を発動しても薄《うす》い壁にしかならない)

千年天狗を逃がさないように、水命糸を絡めたのはソラ自身である。

(距離を縮めるように誘ったのは俺だ)

避《よ》けられぬ攻撃が来た時、避けられるかもしれないという希望に懸《か》けて、人は反射的に下がりたくなる。

しかし、ソラはその選択肢《せんたくし》を殺す。

避けることに希望はない。

希望があるとすれば……。

ソラが刀を振り翳《かざ》した。

千年天狗が思う。

（避けれぬと踏《ふ》んで、刀を振る暴挙に出たか。哀《あわ》れな奴《やつ》じゃの……それでは、儂《わし》の風には勝てぬ!!）

刀と風が衝突する。

あまりの衝撃《しょうげき》に、呪力を込められたソラの刀が真っ二つに折れた。

〝ソラの刀が折れた……！〟

〝避けられない!!〟

刀の破片《はへん》が飛び散る中、ソラの声がした。

「第九術式展開」

「――ッ!?」

千年天狗は驚く。

（こいつ、術式発動の時間を一瞬《いっしゅん》でも作るために刀をぶつけてきおったのか!!）

もしも当たれば、自分が死ぬかもしれない攻撃に対して、ソラは防御ではなく反撃《はんげき》を優先した。

（しかも、儂を倒す術式を優先してきおった……!!）

千年天狗の心にわずかな恐怖《きょうふ》が流れ、ほんの少し手が緩《ゆる》んだ。

（死が、痛みが、恐《おそ》ろしくはないのか!?）

千年天狗の攻撃が当たるすんでの所で、術式の発動が間に合う。

「水命蜘蛛《ぐも》糸」

――――バァァアンッ!!　と音が響《ひび》いた。

強風が吹き荒《あ》れ、ドローンが揺《ゆ》れる。

ようやく場が落ち着くと、青色に光る陣《じん》がソラを中心に展開され、そこから無数の水命糸が飛び出していた。

天狗の扇は、糸によって防がれソラのすんでのところで止まっていた。

「ここまで近づけば、第九術式もかなり強いでしょ?」

「こ、この……!!」

全身を糸で縛《しば》られ、天狗は身動き一つとることができない。

どれだけ強くとも、風を起こさなければ天狗は無力。

ソラはその性質を知っていた。

勝者、上野ソラ。

そうはっきりさせるには、十分すぎるほどの状況《じょうきょう》だった。

〝うおおおおおおおおおおお!!〟

〝うおおおおおおお!〟

〝勝った‼〟

〝ソラが勝ったぞ！〟

〝やっぱソラなんすわ！〟

〝頭のネジ何個か外れてこそソラ！〟

〝よしよしよしよし！〟

〝また式神チャンスか⁉〟

「うーん、どうしようかな」

いつも通りの、日常のソラが出てくる。

「正直式神は足りてるし……アオにプラスして、千年天狗の教育までカツさんに任せちゃうのは……」

〝じゃあ祓《はら》うの？〟

〝祓うのか……〟

〝陰陽師が妖怪退治するのは当然だしな……〟

〝さようならか……〟

残念がるコメントと、ソラの反応へ千年天狗が恐ろしくなっていく。

「儂《わし》、儂祓われるのか？　消えてしまうのか？」

ソラがどうしようか悩んでいると、すすり泣く声が聞こえ始めた。

「ひぐっ……」

〝え？〟

〝え……誰か泣いてる？〟

「嫌じゃ……嫌じゃ！」

それは天狗から発せられていた。

「祓われるのは嫌じゃ～！」

ポンッ!!　と天狗から煙《けむり》が出る。

〝!?〟

〝まだなんかあるのか!?〟

〝形態変化的な奴!?〟

人々は驚愕《きょうがく》しながら、身構えた。

まだ何かしてくるかもしれない。

「うおおおお！　放せぇぇぇ！　儂は逃げるんじゃ～！」

煙が晴れたかと思えば、そこには糸に縛られ身動きの取れない小さな少女の天狗がいた。

「嫌じゃ～……祓われとうない……」

ソラが固まる。

同様に、それを見ていた視聴者たちも固まった。

千年天狗は自身の能力で、自分の姿を変えていた。

「刀がスカッた理由が分かった……あれ、幻影《げんえい》だったのか……」

強力な力を持ち、陰陽師の大きな敵となりえる千年天狗が生かされて封印《ふういん》されていた。

だが、実際に祓われずにこうして封印されていたのは……本当はまだ、千年天狗が子どもだったからではないのか。

そして、それは千年天狗が出していた影分身が消える合図でもあった。

＊

御影の屋敷《やしき》。

配信後、俺《おれ》たちは一度落ち着くためにアカリの家にお邪魔《じゃま》していた。

ここには今、俺と式神たちとサクヤが居る。あっ、アオだけは屋敷の池で鯉《こい》を見ている。

「ダメかな？」

「う、うーん……確かに、うちは代々から妖怪退治を生業《なりわい》にしてたし、そういうのを管理するのには長《た》けてるけど……」

あれから、配信を終えた俺は天狗の対処に悩んでいた。

天狗の姿形が変わってしまったこともあり、討伐《とうばつ》された扱《あつか》いとなり、討伐報酬《ほうしゅう》の100万円は俺が受け取ったがそれはすべてサクヤに任せた。

大金をポンッと渡《わた》されても困る……金銭感覚狂《くる》いそうで。

あっでも、一日のパンを一個増やすくらいは出来たのかな……学食にあるメロンパンって奴を食べてみたいんだよね……。

でも、あれ150円するからなぁ。

110円のハムパンが美味《おい》しすぎるのがいけない。

ともかく、俺は天狗を式神にはせず、一度アカリが管理してくれないかと頼《たの》みに来ていた。

千年天狗は陰陽師を嫌っている。そんな子を式神にしても、信頼《しんらい》関係が築けるとは到底《とうてい》思えない。

「でも、うちは託児所《たくじしょ》じゃないんですけど？」

「えー、だってアカリの家広いじゃん。アカリの友達にちょうどいいと思ったんだけど」

「私に友達がいないみたいな言い方やめてくれない？」

え～、良い友達になると思うんだけどなぁ……。

「あのね。あんた、その天狗が私と命懸《が》けの戦いしたこと忘れてない？」

「でも、勝ったでしょ？」

「それはそうだけど」

無茶《むちゃ》なお願いであることは承知の上だった。

サクヤが続いて説得に参加する。

「必要経費があれば、すべて私が担《にな》うがそれでも無理か？」

「お金の問題なんてないわ。そうじゃなくて、私が納得《なっとく》できないのはあんたのことよ」

アカリが俺を指さした。

「俺？」

「配信でも言われてたけど、妖怪《ようかい》なら祓《はら》っちゃえばいいじゃない」

妖怪なら祓ってしまえば良い。

その意見は当然のことだ。

「わざわざあんたが、ここまでして助けようとする意味ってなに？　その妖怪には嫌《きら》われてるんでしょ？」

どんな陰陽師も、祓ってしまうというのは、一つの答えだ。

祓う。
陰陽師ならば、それくらい容易《たやす》いだろう。
何も難しいことではない。
でも、簡単な道ばかりを選んで、その先に何が残るのだろうか。
別に、何かが残したい訳じゃない。
ただこれは俺の生き方の問題だ。
昔からそうだ。
俺が進む道は常に真っ暗闇《くらやみ》で、手探《てさぐ》りで生きてきた。
妖怪と人間が共存できる道。
それに勝手に幻想《げんそう》を抱《いだ》いて、勝手に進んできた。
ふと気付いたら、後ろに誰かが居た。
それは俺と共に、俺の考えを認めてくれた人たち。
俺が叶《かな》えられなくとも、誰かが引き継《つ》ぎ、誰かがまた進んでくれる。
そう信じて俺は走り続けた。
「俺が目指してきた道でもあるんだ」
不可能だと笑われてきた夢の一つ。

「妖怪と人間の共存」

千年天狗《てんぐ》を封印した人はいつか、その可能性があるかもと千年天狗を封印したのではないか、とそう思ってしまった。

これは俺の思《おも》い込みでしかない。

でも、共に生きる可能性を安易に捨てたくはない。

捨てるべきじゃないんだ。

「……はぁ、ほんとあんたって甘《あま》ちゃんよね」

「俺の名前はソラだよ」

「名前の話じゃないわよ！」

お、俺何か間違《まちが》ったこと言った？　とサクヤに視線を向けるもため息を漏《も》らされた。

「あんたの考えは分かった。だったら、なおさらダメよ」

「え～」

うーん、ダメか～。

千年天狗は俺のこと大《だい》っ嫌いだろうし、困ったなぁ。

野に放つ訳にはいかないし……。野宿ロリ天狗になるってサクヤに言われたしなぁ。

アカリは腕を組み、諭《さと》すように告げた。

「あんたが自分で天狗を改心させなさい。他人がその道に続いてくれるからって、いつまでも甘えないの」

「っ！」

驚いた。

いや、アカリに驚くのは初めてじゃないけど……まるでこの物言いは……。

思わず微笑《ほほえ》んだ。

「そっか。うん、そうだね」

いつまでも甘えてばかりじゃ居られない。

俺が千年天狗を変えなくちゃいけない。

他人に任せてもいっか、と一度思ってから任せっきりなことがたくさんあった。

ご飯、洗濯《せんたく》、掃除《そうじ》、朝廷《ちょうてい》からの書類整理や庭の手入れ……すべて晴明に……あれ、多くね？

……………まっ、いっか！

「俺、頑張《がんば》る！　千年天狗を変えてみせる！」

「まぁ、今日だけは私も少しは協力してあげる。何かして欲《ほ》しいことある？」

＊

「うぎゃぁぁぁぁぁぁぁっ！　嫌じゃ、嫌じゃ〜！　お風呂《ふろ》は嫌じゃ〜！」

　ソラはまず、アカリにお風呂を頼むことにした。

「あんた臭《にお》うの！　何日お風呂入ってなかったの⁉」

　天狗が少し自慢気《じまんげ》に、しかも照れくさそうに答えた。

「せ、千年……ほどかの？　凄《すご》いじゃろ」

「……」

　アカリが無言でゴシゴシと髪《かみ》を洗っていく。

「うぎゃぁぁぁっ！」

　その叫《さけ》び声を聞きながら、ソラとサクヤは外で待つ。

「本当に助かる。俺だとお風呂入れられないし」

　アカリの声がお風呂場《ふろば》から響いた。

「ねぇちょっと！　小さい子用の着替《きが》え持ってきて欲しいんだけど！」

　どうやら着替えを忘れていたようで、アカリからの頼まれ事をソラたちが聞く。

「サクヤ、服を取りに行こうか」

「ああ。だが、誰《だれ》かの服を持ってくるなんて初めてだ。うまく出来るだろうか……」

「服選びはグラビトに任せればいいんじゃないかな」

「いや、私に任せてくれ。これでも服を見る目は確かなんだ。高い服なら一発で分かるぞ」

「おぉ！　流石サクヤ！」

お風呂場で、アカリが深いため息を漏らした。

「……あの生活力皆無《かいむ》の二人、ほんと不安しかないんだけど」

ソラたちが持ってきた着替えは恐竜《きょうりゅう》のパジャマだった。

普通《ふつう》の服で、かつ単価でみれば確かに一番高い服ではあった。

それから、その日はアカリの両親からのご厚意《こうい》もあり、御影邸《てい》で過ごすこととなった。

そうして千年天狗を一番かわいがっていたのは、アカリの両親であった。

「あら可愛い～!!　小さい頃《ころ》のアカリみたい～！」

「可愛いねぇ！　ほら、飴《あめ》だよ～！」

泊《と》めてもらっていることもある手前、嫌々《いやいや》ながらも甘やかされる千年天狗を眺《なが》めていた。

＊

御影家で過ごす夜というのは、ソラにとってはどこか懐《なつ》かしさを覚えていた。

月明かりが出ては、時折陰りが見られる。

ソラは慣れた様子で縁側《えんがわ》に座《すわ》り、月を見上げる。

サクヤがその隣《となり》に腰《こし》を下ろした。

「ソラ、今日のＳＮＳは見たか？」

「ううん、まだだけど」

「またお前の話題で持ちきりだ。まぁ新しい魔物《まもの》、しかも妖怪だなんて、そりゃ大騒《おおさわ》ぎにもなるだろう。お陰で『陰陽』も話題に上がって、順調に伸びている」

ソラにはあまり実感がないようで、笑顔《えがお》もどこか遠いようであった。

「アハハ……良かった」

「で、ソラ。天狗はどうするんだ？」

「どうしましょう」

軽い声音《こわね》で、面持《おもも》ちも楽観的なものだが、その奥《おく》にあるものをサクヤは知っている。

式神化してしまえば、紙人形にすることが可能で住む場所にも困らなくなる。

しかし、ソラがそれをしないのは、千年天狗の扱いに悩んでいるからだった。

夜風がソラの頬《ほお》を掠《かす》める。

その風が進む先に、物陰《ものかげ》に隠《かく》れてソラたちの会話を盗《ぬす》み聞きしている千年天狗がいた。

それにソラたちは気付いていない。

＊

見上げている空はいつもと変わらない。

「サクヤ、今の時代ってすごく幸せだと思うんだ」

「まぁ、平和だとは思うが……」

昔の時代は、遊んでいられるほど余裕《よゆう》なんてなかった。

飢餓《きが》、災害、妖怪。様々な出来事が人々を襲《おそ》った。

だから、みんな生きるのに必死だった。

それはかつて孤児《こじ》だった俺も同じだったんだ。

「強い力を持ってて、その力で戦いしか知らない生き方は……寂《さび》しいと思うんだ」

俺がたくさんのことを知ったように、ヴァルやグラビト、アオにも学んで欲しいと思っている。

「でもね、それは俺の押し付けかもしれない」

転生前でも、同じように悩んでいた。

自分がやってきた結果なんてものは、歩み続けて進んだ先でしか分からない。

それが正しい時もあれば、間違っている時もあった。

「今回の場合は特に、千年天狗は陰陽師を恨《うら》んでいる。その恨みを取っ払《ぱら》って、自由に生きろというのは少し無責任ではないか、と思ったんだ」

俺は、転生してからもこんな感じのことを悩んでいる。

こんなことで悩むなんて馬鹿らしいのかもしれない。

でも悩んでしまう。

「自由に生きて欲しいと、ソラが彼《かれ》らを式神にした理由はそれか？」

思わずふにゃっとしてしまう。

「それもあるってだけ」

「なんだ歯切れの悪い……」

彼らは俺をよく支えてくれている。

それは俺にとっての大きな幸運の一つだ。居なくてはならない存在だとも思っている。

「みんなも、俺がダンジョン配信をやりたいといって巻き込んでいるのかもしれない」

自分勝手。

そう言われれば、俺は否定せずに納得するだろう。

「それは違《ちが》うぞ」

サクヤへ顔を向けると、真剣《しんけん》な眼差《まなざ》しを向けられていた。

「少なくとも私は、ソラがいたから前に進もうと思えた」

前に、進む？

「私が一般的《いっぱんてき》な高校に入学して反抗《はんこう》したところで、それは敷かれたレールの上で暴れているだけに過ぎなかった」

俺がサクヤの感じたことを推《お》し量《はか》るには、体験してきた人生がまた大きく違う。

さらに、サクヤはあまり自分のことを話したがらない。

そのサクヤが、珍《めず》しく自分のことを話してくれた。

「ソラがいたから、私は一緒《いっしょ》にダンジョン配信をやりたいと思った。違う道を進めるんじゃないかと期待したんだ」

違う、道……。

あぁ、そうか。俺もそのつもりで、千年天狗を祓わなかったんだ。

祓わない道を進んだ。そして救う道を選んだ。

今歩いている道は、誰かに敷かれた、敷かされたレールの上ではない。

確かに、自分たちで選んだ道なんだ。

俺が勝手に前を歩いて進んで、その後ろをみんなが付いてきているのだと思っていた。

「ソラ。お前が今進んでいる道は、決して押し付けなんかじゃない」

千年天狗は、祓われたくないと言った。

俺はそれを尊重し、生きて欲しいと思った。

そういう、誰かに新しい道を示すことができる……その道を一緒に歩いて行ける仲間だ。

「これは、私たちが築き上げてきた『陰陽』の道だ」

それが自然と俺の心の中へ刻まれた気がした。

ダンジョン配信事務所『陰陽』は、困っている人が居たら助けるダンジョン配信者だけじゃない。

「私にとっては篝火《かがりび》みたいなものだけどな」

誰かにとっての、大事な居場所でもあるんだ。

「まぁ、お前の考えていることは甘いのだろうな」

「そ、そうかな……」

「甘いだろう。組織のトップならば、下の者が付いてくるかどうかなどは考えない。自分の信じた道を突《つ》き進《すす》むだけだ。これを甘さと言わずになんという」

おぉ……サクヤが言うと説得力が違う。芯《しん》に迫《せま》る強さを感じる。

「だが、私はそれが好きだ」

「好き」

「当たり前だ。お前はきちんと自分の心を言葉にするだろう？　それが嘘偽《うそいつわ》りのない真実だと、私は知っている。うわべだけの心配なんて、すぐに分かるからな」

人の仮面というものに触《ふ》れすぎて、サクヤは嘘に敏感《びんかん》だ。

「ヴァル達もそうだろう。私もお前が好きでここにいるのだから」

「俺が好き？」

そこでサクヤの頬が徐々《じょじょ》に赤くなっていく。

「…………あっいや！　違う！　みんなが、だ！　みんながお前を好き、という意味だ！」

指をぱちんと鳴らす。

「あっ、そういうこと」

好かれているのなら、凄く嬉《うれ》しい。

サクヤに言われて色々と気づくようじゃ、俺もまだまだ子どもなのかもしれないな。

いや、実際まだ高校生なんだし子どもじゃん。

たまにそのことを忘れる。

ともかく、サクヤのお陰《かげ》で覚悟《かくご》は決まった。

「ありがとう。これからも信じているよ、サクヤ」

「あ、当たり前だ！」

千年天狗をどうするかも、俺は決めた。

そうして、歯切れが悪そうにサクヤが言う。

「その……有難《ありがた》いと思うなら、こ、今度の休みに買う機材、運ぶのを手伝え。して欲しいことがあったら、言えばやってくれるんだろう」

……っ！

前に、俺はサクヤへ『したいことがあるなら、教えてね』と言った。

それを覚えていて、考えてくれていたんだ。

「オッケー！」

速攻《そっこう》で二つ返事をする。

「少しは悩《なや》まないのか⁉」

え～悩むことないし、サクヤとならどこ行ってもいいし。

「サクヤのお願いなら、俺は何でも叶えるよ」

そう微笑んで返すと、サクヤがツーっと少し赤面しているような気がした。

それから少ししてソラが縁側から立ち上がると、会話を聞いていた千年天狗が気付かれないように布団《ふとん》へと戻《もど》って行った。

ソラが首を傾《かし》げる。

「ん？　今足音しなかった？」

「いや、特に聞こえなかったが……」

「じゃあ気のせいか」

【ソラマメ】ダンジョン配信事務所・陰陽のトップリーダー上野ソラについてまとめスレ.Vol763

643.この陰陽師が凄い！
ソラが事務所の陰陽発表してから、どんな感じ？

644.この陰陽師が凄い！
勢いでいえば、トップクラスのPooverよりも上
メンツも最強格ばかりだけど、やっぱり人数が足りてない
本当にそこが致命的

645.この陰陽師が凄い！
陰陽はソラとカツ、まだ殆ど駆け出しのアカリだけだもんな

646.この陰陽師が凄い！
将軍は結構伸びてなかったっけ

647.この陰陽師が凄い！
初動で10万人は登録者増えてた。
動画なしの状態でこれだから、結構ヤバイ

648.この陰陽師が凄い！
そりゃ、アカリって隠れファンすげえ多かったしな
若くて強くて、ツンデレタイプは最高だろ

649.この陰陽師が凄い！
この前の天狗戦でも、すっげえ一活躍してたよな
アオとアカリで

650. この陰陽師が凄い！
ソラとは別枠で、銀髪娘の子が送ったドローンの奴か。

651.この陰陽師が凄い！
アオはほぼ完勝で、翼千切って倒してた奴か
パワーはあっても、本体に比べて反応鈍そうだったしな

652.この陰陽師が凄い！
アカリは苦戦してたなー
威力と速度が若干足りてなかった感じ
でも、しっかり倒しきってたのは流石深層冒険者だと思った
俺なら絶対無理

653.この陰陽師が凄い！
ところで、なんで御影アカリって将軍って言われてんの

654.この陰陽師が凄い！
>>653
確か一騎当千の強さがあるのにぼっちで
欲しい物は力で手に入れるとかいう武人みたいな考えからだった気がする

655.この陰陽師が凄い！
ぼっちで草
なんで将軍も友達いないんだよｗ

656.この陰陽師が凄い！
それが名前の由来かよｗｗｗ
可哀想すぎるだろｗｗｗ

657.この陰陽師が凄い！
ソラの周り
変な奴集まり過ぎ定期

658.この陰陽師が凄い！
いまさら

659.この陰陽師が凄い！
ソラが変な奴なんだから仕方ないだろ

660.この陰陽師が凄い！
ところで、今回のド田舎の戦いで式神増えたん？
あれ結局どうなったん？

661.この陰陽師が凄い！
ソラが後で話すんじゃないか？
式神にしないパターンは初めてだよな

662.この陰陽師が凄い！
何か考えがあってだとは思うぞ

663.この陰陽師が凄い！
ソラが考えていたとは……

664.この陰陽師が凄い！
ソラの周りは銀髪の子が一番優秀だからな

665.この陰陽師が凄い！
その子もたまにポカやらかすじゃん

666.この陰陽師が凄い！
有能ポンコツ銀髪娘

667.この陰陽師が凄い！
>>666
有能なのかポンコツなのかはっきりしろ

668.この陰陽師が凄い！
誰かソラの術式まとめ作ってる人居らん？

669.この陰陽師が凄い！
スレチだぞ
ここはほぼ雑談で、術式の考察班スレはこっち
……URL

670.この陰陽師が凄い！
サンキュ！　気になってたわ！

671.この陰陽師が凄い！
なにその考察班

672.この陰陽師が凄い！
今までの術式を魔法考察班が必死に研究してる

673.この陰陽師が凄い！
マジ？

674.この陰陽師が凄い！
マジ？

675.この陰陽師が凄い！
マジ

676.この陰陽師が凄い！
最初は魔法だと思ってたらしくて、興味なかったっぽいんだけど
これまでの活躍と、ソラ本人の言動で嘘だと思えないってことで詳しく見たら
本当に魔法じゃない！　って魔法考察班たちがかなり興奮してる
術式を解明しようと本気になってるよ

677.この陰陽師が凄い！
やばｗｗｗ

678.この陰陽師が凄い！
あいつら、最近魔法スレでまとめたことを学会に出してなんか賞貰ってなかったか？
ニュースで見たわ

679.この陰陽師が凄い！
ソラを研究するためだけにガチ勢たちが動いたのかｗｗｗ

680.この陰陽師が凄い！
ニュースになるってマジで凄いじゃんｗｗｗ
流石俺たちスレ民、優秀

681.この陰陽師が凄い！
>>680

お前は無能定期

682.この陰陽師が凄い！
俺たちのソラマメだから、それくらいはまぁ……

683.この陰陽師が凄い！
あれでド天然なの面白過ぎるだろｗ

684.この陰陽師が凄い！
え、考察班の奴見たいわ

685.この陰陽師が凄い！
俺も見に行こ

…………
……
…

【上野ソラの術式に対する考察】スレVol.32

32.この陰陽師、強すぎないか
現在判明してる術式が

第一、水命糸
第二、呪層壁
第三、収納
第四、魂を司る
第六、雷
第七、炎
第九、細かい水命糸

第五術式と、第八術式はまだ分からないのか

33.この陰陽師、強すぎないか
そもそも、どこまでソラが術式を隠しているかも分からないぞ
下手すると第百まであったりしてw

34.この陰陽師、強すぎないか
第五術式って、まじでなんなんだ？

35.この陰陽師、強すぎないか？
敵だった時のアオも使おうとしてたよな

36.この陰陽師、強すぎないか
どんな能力何だろうな

37.この陰陽師、強すぎないか
第九術式って、人によって評価が分かれてるよな

38.この陰陽師、強すぎないか
あれたぶん今分かってるソラの術式の中で最強だぞ

39.この陰陽師、強すぎないか
地味じゃね？

40.この陰陽師、強すぎないか
なんか分かりづらかった

41.この陰陽師、強すぎないか

お前ら、ソラが術者だって忘れてないか？
使ってる奴が化け物なんだぞ

42.この陰陽師、強すぎないか
確かに……

43.この陰陽師、強すぎないか
いや、あれが一番弱いだろ
一番強い術式は第六術式だよ
あんな汎用性の塊なかなかない

44.この陰陽師、強すぎないか
とりあえず、第五術式の内容知りたいな

45.この陰陽師、強すぎないか
俺は天狗ちゃんのことがもっと知りたいなぁ

46.この陰陽師、強すぎないか
>>45
うわ

47.この陰陽師、強すぎないか
うわ

48.この陰陽師、強すぎないか
うわ……

49.この陰陽師、強すぎないか
怖……

50.この陰陽師、強すぎないか
>>45
怖すぎて草

51.この陰陽師、強すぎないか
>>45
こいつやばw

52.この陰陽師、強すぎないか
天狗も能力あるっつってたけど、結局なんだったん？

53.この陰陽師、強すぎないか
そういえばあるって言ってたな

54.この陰陽師、強すぎないか
次の配信で教えてくれるんじゃないか？

55.この陰陽師、強すぎないか
とりあえずいつも通り全裸待……あれ？
なんか配信始まった…？

56.この陰陽師、強すぎないか
え？

57.この陰陽師、強すぎないか
何するんだ……？

…………

……

ブブッ！


掲示板に釘付《くぎづ》けだった人々のスマホが鳴る。

誰《だれ》もが予想外であったその通知。

まさか、事前の予告もなしにその連絡《れんらく》が来るとは思っていなかった。

【上野ソラの配信が始まりました】

＊

「こんちゃろです～」

その日は近所の公園で許可をもらい配信をする。もちろん、誰の邪魔《じゃま》にもならないような場所だ。

自分なりに考えた配信の挨拶《あいさつ》をして、それほど反応が悪くないことに安堵《あんど》する。

〝ソラだ～！〟

〝新しい挨拶可愛《あいさつかわい》いな〟

〝急にどうした？〟

〝可愛いからヨシ！〟

「先にちょっと紹介《しょうかい》したい子が――――ふがっ」

俺の頬《ほお》に千年天狗が頭突《ずつ》きをして、配信の画面に映り込《こ》む。

「儂《わし》じゃ！」

〝なんかロリが出てきた⁉〟

〝あっ！　あの時のロリ天狗だ！〟

〝頭突きされたソラの顔で笑うわｗ〟

〝どっちも可愛い〟

〝儂じゃ、で草〟

それから天狗が数秒ほど沈黙《ちんもく》すると、上目遣《うわめづか》いでこちらを見る。

「……これに向かって話せばよいのじゃろう？」

「うん、そうだよ」

「これの向こうでは、テレビとかいうあの薄《うす》い板に映っておるのか。不思議じゃのぉ」

千年天狗が感嘆《かんたん》の声を漏《も》らすと、コメントが流れていく。それを天狗も読んでいた。

〝天狗ちゃんだ～！〟

〝仲間入りするの⁉〟

〝うおおお！　可愛いいいい！〟

「ふふん、可愛いじゃろう。儂はこれでも千年ボディであるからの。惚《ほ》れるのは仕方あるまい」

照れくさそうに喜ぶ。

アカリから貰った幼稚園《ようちえん》～小学低学年までが着ていそうなピンク色の服で、小さな体で胸を張っている。

本人はこれを悩殺《のうさつ》ボディだと思っているらしい。

それに何かと千年という単語を付けたがるのは、この子の特徴《とくちょう》なのだろうか。アカリと風呂《ふろ》に入ってる時も、『髪《かみ》を洗っていないのは千年ほど』とか言ってたような気がするし。

まぁ名前も千年ってついてるから、凄《すご》く分かり易《やす》くはある。

俺も語尾《ごび》にソラとか付けたら良い感じになるかな……。

あんまりイメージ湧《わ》かないな、やめておこう。

〝可愛いなこいつ〟

〝流石ロリ天狗〟

〝強くて可愛いとか最高かよ〟

〝でも千年天狗ってちょっと言いづらいかも〟

〝もっと分かり易い名前が欲《ほ》しいな〟

〝千年天狗も風格があって良いと思うけど〟

「そうじゃ！　儂は風格がある！」

腰《こし》に手を当て仁王《におう》立ちするが、可愛さが勝っていて威厳《いげん》はない。

「じゃが、確かに少し名が硬《かた》いかもしれんの。現代に合わせて、名前を変えていくというのは風の流れに乗るようで理に適《かな》っておる」

数秒悩んだのち、俺に視線を向けてくる。

なにやら名前が思いつかない様子だ。

俺からもアイデアを出して欲しそう……？　よし、任せてよ！

「俺も一緒《いっしょ》に考えるよ！」

〝終　わ　っ　た〟

〝もう可愛くない名前になりそう〟

〝ぽんぽこって名前付くぞ〟

〝ぽんぽこ可愛いじゃん〟

〝ぽんぽこはグラビトのあだ名だろ〟

〝ある意味ではセンスあるぞ、ソラは〟

俺の知らぬ間にネットでは、グラビトはぽんぽこって言われてたんだ……俺もそれを意識していたから、別に否定はしない。

まぁ俺もソラマメ、ソラマメ小僧《こぞう》、平安狂《きょう》、アホの子とか……こう自分で名前を並べていくと、徐々にふにゃっとした顔になっていく気がする。

どれも愛されていると思えば凄く嬉しい。でも、こう……なんというか、もう少し手心を加えてはもらえないだろうか。

漆黒《しっこく》の陰陽師《おんみょうじ》!!　とか、水の陰陽師とか……色々とカッコいいあだ名があると思うんだ。

でも、出来れば千年天狗には愛される名前を付けてあげたいな。

「うーん……ソラマメの子で、マメの子とかどう?」

「あっ、ダメじゃ。こいつネーミングセンス壊滅的《かいめつてき》じゃ」

〝wwwwwwwww〟

〝wwwwww〟

〝草〟

〝草〟

〝ネーミングセンスちゃんと終わってて好きw〟

〝我らがアホの子〟

〝千年天狗もすべてを察したような顔してて草〟

ふにゃっとした顔で、可愛いのにな～と思う。

「そう言われてもナ～。千年天狗は何か思いついたの？」

「根本的に、儂はこの名前を大事にしておる。お主らだって、親からもらった名は大事にするじゃろ？」

確かに、と思う。

コメントでも賛同の声が上がっている。

「じゃろじゃろ。儂もそこからは大きく変えたくはないの」

なるほど、天狗の考えはよく分かった。

「となると……千年天狗だから、センでどう？」

パッと千年天狗の眼が見開く。

一瞬《いっしゅん》、すごく瞳《ひとみ》が輝《かがや》いているように見えて、俺も驚《おどろ》いた。

〝良いじゃん〟

〝センちゃん可愛い〟

〝センは呼びやすいんじゃないか？〟

〝それで行こう！〟

「ふ、ふん……！　儂も別に、その案はとっくに思いついておった！　ソラに言わせるまで黙《だま》っておったのじゃ！」

〝やっぱこいつ可愛いな〟

〝ぬいぐるみのパジャマ着させたいわ〟

〝ああ、恐竜《きょうりゅう》のぱじゃま、最近流行《はや》ってるよな〟

センがポーズを決めて、ドローンに向かって叫《さけ》んだ。

「儂の名は千年天狗改め、センとしようではないか！」

〝８８８〟

〝センちゃん！〟

〝良い名前だと思う！〟

〝新しい仲間！〟

〝ようこそ、アホの子軍団へ〟

〝これで君も今日からアホの子〟

「ちなみに！　儂はソラの仲間になった訳ではない！」

〝⁉〟

俺にとっては、ここが少し厄介《やっかい》なところであった。

センは既《すで》に、俺の式神としてヴァル達《たち》と同じ扱《あつか》いになっている。

そこで俺が説明を入れる。

「実はセンって住む場所がなくて、行き場所に困ってたんです。俗《ぞく》に言う住所不定ロリ天狗です……」

〝俗に言わねえよｗｗｗ〟

〝草〟

〝草〟

「まぁ、そこでうちに来ないかって言ったんですが……」

「陰陽師は嫌《きら》いじゃ！」

「この通り、陰陽師と妖怪《ようかい》なのでなかなか……」

苦笑いを浮《う》かべる。

〝まぁ確かにな〟

〝なんか違《ちが》う意味で仲いい〟

〝これはこれでアリな関係性〟

〝可愛い〟

「そこで、現代の配信やら情報やらを教えたら……」

「なかなかに面白そうではないか！　と思ってな！　儂も配信者になってみたい！」

〝おぉ……？〟

〝おっと、この流れは……!?〟

「ソラが陰陽師の良さを広めようとするのならば、儂は妖怪の良さを広めようではないか！」

　これはサクヤが提案したことであった。

『千年天狗、配信者になってみないか？　率直《そっちょく》に言うともう妖怪の時代は終わっている。お前の望む世界は来ない。だが、配信者は新たに妖怪の世を築くチャンスだ』

配信で、妖怪の時代を築く。確かにその可能性はある。

『ソラを見ろ。こいつはまさに今、陰陽師の時代を作っている。新しい時代を作れる可能性は、ここに……私たちには十分にある』

　そう提案し、まさかセンがそれに乗ったのだ。

　俺も正直驚いた。妖怪の時代が終わったことを素直《すなお》に受け入れ、自分もこうしてみたい、とやりたいことがあったとは……。

　陰陽師が嫌いなままでも、妖怪としての誇《ほこ》りと、自分が今できることを考えられるほどセンは賢《かしこ》い。

賢さ的にグラビト寄りなのかな……なんて思ったりもした。まぁ、だいぶ性格は違うけど。

誰かや何かを恨《うら》むだけじゃなくて、新しくやりたいことが見つかることは凄く良いことだ。

俺としても最後まで面倒《めんどう》を見なきゃなぁ……と思った。

「儂はこの配信……えーっと、ねっと配信？　ダンジョン配信かの。で、新たに妖怪の時代を築いてみせようぞ！」

〝おおおおお!!〟

〝妖怪の時代！〟

〝妖怪の配信者っていなかったじゃん……！　すご〟

〝そもそも妖怪なんて居なかっただろ〟

〝確かに〟

〝じゃあ初か〟

〝やばｗｗｗ〟

俺が口を挟《はさ》む。

「これに際して、ちょっと今日は発表があって……」

〝え？〟

〝まだ何かあるの？〟

〝ワクワク〟

サクヤの次なる一手。

それは、たびたびダンジョン配信事務所『陰陽《おんみょう》』が抱《かか》えていた問題を、一気に解消するものだった。

「ヴァルやグラビト、アオたちも配信者としてデビューします」

コメントが静まり返る。

あれ……もしかして接続切れちゃったのかな。

前だと通信不調だったら、俺はよくペチペチ、って軽く叩《たた》いていた。

けど、それをサクヤに叱《しか》られてしまった。精密機械なのだから、叩くな、と。

なので今は指で突《つつ》いている。

「あれ、接続が切れ……」

画面いっぱいにブワッと溢《あふ》れるコメント。

その量に驚く。

「ッ!!」
〝うおおおおおおおおお!!〟
〝つまりヴァル専門の配信が見られるってことか!!〟
〝ソラ以外でもソラマメ要素を摂取《せっしゅ》できるのか!〟
〝式神を配信者にする発想とかどこから出てきたんだ!?〟
〝アオの配信みたい!〟
〝グラビトのモフモフ堪能《たんのう》できる配信プリーズ〟
〝それぞれの個性が出る配信になりそうですげえ楽しみだわ!!〟
〝いつやるの!?〟
〝早く見たい!!〟
どうやら、コメントの量が多すぎてサイト側が処理できていない様子だった。
数万人が一斉《いっせい》にコメントをしたのだ。
それくらい、この発表は大きいものであった。
「で、でもセンはしばらく裏方です。まずは常識を知ってもらってからですね」
センが仲間に入り、式神たちの配信者デビューが発表された日であった。

四章　【式神ズ、配信者デビュー】

ダンジョン配信事務所、『陰陽《おんみょう》』の設立以降、会議室に使われている配信を準備するトラック。

ここに集まっているのは、『陰陽』のメンバー全員だ。

サクヤがホワイドボードの前に立ち、勢いよくバンッと叩いた。

その音にセンが背筋を伸《の》ばす。

「や、やめい……心臓に悪いぞ。ビックリした」

「すまない」

カツさんがニコニコと笑う。

「サクヤさんはいつもやる気が凄いからね」

「カツさん、高校生を相手にさん付けはやめてくれと言っただろう。呼び捨てで良い」

「いやいや、尊敬できる人は、高校生であってもさん付けだよ」

困ったようにサクヤが肩《かた》をすくめた。

LIVE

「あなたは全く、仕方ないな……」

サクヤは尊敬できるからなぁ。

カツさんも、きちんと相手を尊敬できる立派な大人だ。

やっぱりカツさんのことをカッコいいと思う。

「あれ、でもカツさん。俺はくん付けなのなんで？」

「ソラくんはソラくんだよ」

「え？」

なんでニコニコして誤魔化《ごまか》すの。

え、何その可愛い小学生を見るみたいな目……俺もサクヤと同じ高校生ですよ！

ほら、ちゃんとお財布《さいふ》にも千円札入ってて凄いでしょ。高校生じゃないと持てない金額だよ。

「ソラくんは可愛いねぇ～」

「そうだろう、ソラは可愛いんだ」

ふんふんっ！　とカツさんをポコポコと叩くも、頑丈《がんじょう》な身体には大して効かない。

それを見ていたヴァルが閃《ひらめ》いたように呟《つぶや》いた。

「私もああいう風に叩けば可愛いと言われるのでしょうか……」

傍《そば》にいたアカリが「死人が出るわよ」と忠告する。

この狭《せま》い場所に、全員で八人もいる。

なんだか、最初の頃《ころ》が懐《なつ》かしいなぁ。

最初は俺とサクヤの二人で始めたことだったのに。

気付いたら、もっと楽しい空間になっている。

サクヤが分かり易く、文章でまとめて説明していく。

「良いか、『陰陽』の配信者を増やしたことで、これからさらに視聴者《しちょうしゃ》や登録者数も増えていくだろう。だからこそ、作戦なしでやっていけるほど、楽な道ではない。そこで、各々《おのおの》の特徴を捉《とら》えた配信の作戦を立てる」

まずサクヤが提案してきたのは、俺たちの特徴を捉えた配信の方針だった。
・御影《みかげ》アカリ
「アカリの配信方向としては、ヴァルと一緒に訓練の配信をやってもらうつもりだ」

「ヴァルと一緒に？」

「そうだ。これがその資料だ」
・ヴァル
騎士《きし》ということで騎士道の精神を語り、戦い方で剣《けん》の使い方などを指南する配信。

たまにアカリと一緒にダンジョンへ潜《もぐ》りボスVSボス戦を披露《ひろう》する。

誠実さと真面目さがすごくあるから、ダンジョンの初心者向けとして配信をする。

「確かに……私は、私の騎士道を広めたいと思っています。ソラ様に恥《は》じぬ騎士であらねばなりませぬから」

「ヴァルは剣、アカリは槍《やり》による配信をして、駆《か》け出し冒険者《ぼうけんしゃ》を狙《ねら》った配信だ」

サクヤ曰《いわ》く、ソラの影響《えいきょう》でダンジョンに興味を持った人々が多くなるだろう、という予想だった。

そこで、ダンジョンに入っても死なない訓練場をこちらで用意してしまおうとのことだった。

ソラで興味を持ち、ダンジョンへ潜るためにアカリたちの配信を見る。

こうすることで、コンテンツを循環《じゅんかん》させようという狙いだった。
・グラビト
知識を司っていることと、狸《たぬき》の外見から子ども向けの配信が良いんじゃないか、ということで小学生～高校生までの理科実験的な配信。

および、魔物《まもの》の生態を紹介する配信を主にすることになった。

「おいサクヤ、私も戦闘《せんとう》は出来るが？」

「それだと可愛いと言われるだけだぞ。それよりも、お前が最も得意とする知識方面を出していけば『頭がいい』と言われるようになる」

「……可愛いからは卒業できるわけか」

いや、それは可愛くて頭良いってなるだけだと思うけど……言わないでおこう。

「タイトルコールは、【グラタヌキの面白《おもしろ》雑学】～！　……みたいな感じで行こうと思っている」

サクヤが可愛らしくタイトルを口にした。

サクヤって可愛い声も出せるんだ……。

「あんた、やっぱり多才よね。てか、よくそのテンションで言えるわね」

サクヤは淡々《たんたん》として資料に目を落とす。

「タイトルコールは私の声を使うか。頼《たの》むぞ、グラタヌ」

「構わぬが……グラタヌはないだろう！　それだとまた可愛いとか言われ――――」

「次だ」
・アオ
アオのやりたいことは、簡単に言えば料理関係だった。

「ご飯食べたい」

「カツの配信では足りないのか？」

「僕《ぼく》のお腹《なか》はブラックホール」

サクヤが唸《うな》りながら、できればアオの意見を尊重したそうにしていた。

そこで、横で見ていたカツさんが助け船を出す。

「昔の遊びとかってどう？　けん玉や竹とんぼ、あやとりとか」

「あやとり？」

カツさんが近くにあった糸を使って、アオにあやとりを見せた。

「おぉ！　この指、どうやってるの？」

「これはこうやってね……」

そう教えられているアオの後ろで、俺もジッと「どうやってるんだろう」と眺《なが》めていた。

アカリが俺の首根っこを掴《つか》む。

「あんたまで興味持たんでいい」

「え～！　ケチ～！」

頬を膨《ふく》らませるも、あんたは高校生でしょうがといった視線を向けられる。

それを見ながら、悩《なや》んでいたサクヤが提案した。

「アオは、昔ながらの日本にある遊びとかでどうだ？　近所のおばあちゃんとか呼んでみて、教えてもらう奴《やつ》だ」

「楽しそう」

アオがそれに納得《なっとく》し、何度も頷《うなず》いた。

混乱しつつもサクヤがメモを取っていく。

その隣《となり》で、我慢《がまん》できないと言った様子でソワソワするセンが居た。
・セン
「次はセンだな」

「うむ！　儂じゃ！」

「ふがっ」

笑顔《えがお》のまま、また俺に頭突きしてくる。

「正直、私はお前のことをあまり知らない。アオと同じでまだ新参だしな」

「そうか。じゃが、儂は何でもできるぞ！　任せい任せい！」

「算数はできるか？」

「さんすう？」

センが首をかしげる。

「国語は？」

「……わ、分かるわい！　たぶん……ま、任せい！」

「お前はまずグラビト枠《わく》に放《ほう》り込むか。あとしばらくは裏方な」

「ぬがー！　儂にも配信やらせろ～!!」

抵抗虚《ていこうむな》しく、配信をする前にグラビトのところに参加することが決定した。

「どちらにせよ、グラビトの配信には反応する人間が欲しいと思っていた。『なるほどな～』とか、『そういうことなのか！』とかの反応があれば、それだけ視聴者も楽しく見られる。お前が必要なんだ」

「儂が……必要……ふへっ、ふん！　あっ、だ、騙《だま》されんぞ！」

「ソラはどう思うんだ？」

「うーん、俺もグラビトの方に参加してから配信した方が良いと思う。もしかしたら、センが賢い妖怪として有名になるかもしれないし」

センは実際、頭良いと思うし。

それ以外はしばらくは裏方に居てもらった方が良いだろう。

「儂が賢い妖怪……ふへへ、良いじゃろう！　その話、乗ってやる！」

サクヤがニンマリと笑う。たまに見せる悪代官である。

「サクヤ、顔に『コイツチョロい』って出てるよ」

しかし、サクヤの提案はどれもアイデアとして凄く面白い。

ヴァルやグラビトの特徴を捉えて、それに合わせてそれぞれが向いている所に焦点《しょうてん》を合わせる。

もしかして、前々から式神を配信者にすることをずっと考えていたのかもしれない。

「なんだ、『もしかしたら、前々から考えていたのか』って思っているのか？」

「サクヤ凄い、エスパーだ」

「お前のことは顔を見れば大抵《たいてい》分かる。まぁ、前々から考えてはいた。他にも多くの案がたくさんあるが……現状で最善の手を指したまでだ」

本気で『陰陽』のことを考えて動いてくれている。

俺《おれ》も頑張《がんば》ろう、と思わずには居られなかった。

「ソラくん、サクヤさんは凄いね」

「ですよね！　俺もサクヤがいなかったら、今頃《いまごろ》どうなってたか」

ほのぼのとした空気で、他人からみれば周りに花が咲《さ》いていると勘違《かんちが》いされそうだ。

「あっカツさん、ちょっとお願いがあって」

カツさんが首を傾《かし》げた。

「センのことなんですけど、できれば料理とかって教えてあげたりできますか？」

た。

サクヤが裏方で一人頑張っている間、それをサポートすることがあまりできていなかった。

俺はずっとこう考えていた。

疑問に思うのは当然だ。

「構わないけど、なんで？」

捨てられている大量の空《あ》き缶《かん》や、コンビニ弁当に目をやる。

「サクヤの身の回りを、センには世話して欲しくて……俺よりもセンの方がサクヤの傍にいる時間が長そうだし」

男の俺よりも、女の子であるセンの方が何かと気が楽だろう、という考えもあった。

俺の考えを読み取ってくれたカツさんが納得する。

「あぁ、それもそうだね。センちゃんなら、賢いしすぐ覚えられるんじゃないかな」

ついでに、センの生活能力を上げる意味合いもある。

もしも大きくなって、人間社会で一人暮らしをする時に、生活ができないのでは心配だ。

「それにしても、ソラくんがそこまで考えてセンちゃんを仲間にしたなんてなぁ」

「実はほとんど成り行きなんですけど……まぁ、センには頑張ってもらいます」

＊

その日は、初のグラビト配信のお披露目会《ひろめ》であった。

サクヤがスタジオを借りて、可愛い背景を用意する。

子どもや大人が見ても楽しめる。ダンジョン配信以外からの視聴者層も獲得《かくとく》しようというのが、サクヤの大きな狙いであった。

「～グラビトの【グラタヌキの面白雑学】～」

タイトルコールが鳴り、配信が始まる。

白衣を身に纏《まと》うグラビトが映し出される。

〝可愛い〟

〝可愛い〟

〝もふりたい〟

視聴者の数も、ソラと比べると少なく感じるかもしれないが、それでも数十万人は見に来てくれている。

好奇心《こうきしん》で観《み》に来ている者が大半であろう。

「…………可愛い言うな」

　ぷいっとグラビトが視線を逸《そ》らし、椅子《いす》に座《すわ》っているセンが目を丸くした。

「なんじゃ、もう始まったのか？　古狸《ふるだぬき》」

「そうだ。あと、私は古狸ではない。グラビトという名前がある」

「うむ！　ではグラビト……じゃが、ここでは先生というのが良いのかの」

　一応、設定上ではグラビトが教師役とし、センが生徒である。

〝もふもふとロリ天狗《てんぐ》が喋《しゃべ》ってる〟

〝これは現実か？　ここが天国じゃないのか？〟

〝可愛い〟

〝可愛いしかコメントしてない奴、語彙《ごい》力死んでるな〟

「ふんっ、私も目的がなければ、このような配信はしていないぞ」

〝目的って？〟

〝何か理由があるんだ〟

〝どういうこと？〟

「私は可愛いのではない！　賢いのだ！　それを視聴者に知らしめてやろうという訳だ！」

〝可愛いｗｗｗ〟

せん

〝理由が既に可愛い〟

センが頷くように笑った。

「グラビト先生は可愛いぞ！」

「お前まで可愛い言うな！　……まぁ良い。授業を始めるぞ」

グラビトが重力魔法《まほう》を使い、授業用に持ち出した小さな黒い球体を浮かせて見せた。

「今日は魔法の説明からしようではないか」

〝グラビトが魔法を解説してくれるの⁉〟

〝えっ、それって無茶苦茶《むちゃくちゃ》凄《すご》くない？〟

〝魔法ってあんまり詳《くわ》しくないから気になるわ〟

「まずは私の魔法についてだ。知っての通り、重力を司《つかさど》っている。だが、相手に的確に当てるため、点による攻撃《こうげき》を行っている」

「点？　儂のとは大きく違うんじゃな～」

「お前は妖怪だからな。魔力《まりょく》がないのでは、使い方も異なるだろう。だが、勉強にはなるはずだ」

グラビトの重力魔法は、人間の中で扱える者は誰一人《だれひとり》としていない。

いわば、魔物やボスのみに許された魔法であった。

「私が重力魔法を使う際、まず位置を指定する。このようにな」

ふわふわと浮いた球体を移動させ、センの頭上にピタリッと置いた。

「センの頭上を中心とし、重力を発動させる。ここを中心として、引き寄せるか反発させることもできる。ソラと戦った際に見せたのは強力な反発で、圧し潰《つぶ》すつもりだった。ヴァルの奴めは魔法耐性《たいせい》はあっても、私の重力魔法は例外であったのだろうな」

「言ってることが難しいぞ！」

センが手をあげてそう答えた。

「ふむ……ヴァルの魔法耐性は、鎧《よろい》が魔法と認識《にんしき》して防御《ぼうぎょ》するシステムだ。だが、攻撃と認識できない魔法に関しては防御が発動しない」

「うむ？」

「人間が歩いていて、『重力って痛いな～』とか『地球の重力は攻撃！』と言われてイメージが湧《わ》くか？」

〝あ～、湧かないかも〟

〝地球の重力を防ぐことができないのと同じってことか！〟

グラビトが頷く。

〝だからグラビトの魔法で倒《たお》れていたのか〟

〝なるほどなぁ〟

〝おもろ〟

重力とはそもそもなんなのか、を知らないセンは、それをグラビトに説明してもらう。

そうして「おお！　そういうことか！」と理解した。

「儂《わし》の風による攻撃も、グラビトは防げぬということだな！　魔法ではないからの！」

「そうだ。だが、風が魔力によって発動しているのなら、防げるだろう」

「ほえ～」

〝草〟

〝センが素直で可愛《かわい》いｗ〟

〝ほえ～じゃねえｗ〟

「なぁ、ちなみにソラの術式とやらはどうなんじゃ？　アイツの解説はできるのか？」

「……あれは別物過ぎて、話にならん」

「儂ら妖怪も全く原理が分からなくて、奴ら陰陽師《おんみようじ》には手を焼いたものじゃ。グラビト先生の解説があれば、奴の弱点を見つけられるかもしれん！」

「ソラのは……なんというか、そうだな。私から言わせれば、未知過ぎるという訳だな」

〝ソラは魔法使えないって言ってるもんなぁ〟

〝ソラの術式は特別過ぎて、マジで誰《だれ》もよく分かってない〟

〝ソラ本人も分かってないから面白い〟

〝草〟

「ソラの術式による攻撃は、私たちにとっては魔法とあまり変わりはないのだろう。だが、致命的《ちめいてき》に似ていて似ていないところがある。それは性質だ」

グラビトが面白い話を続けてみせた。

ソラやグラビトたちは、各々は自覚をしていないが、自分たちの本来持っている知識が研究者たちでさえ知らない物ばかりであったからだ。

「本来、魔法というものは一貫性《いっかんせい》だ。例えばサンダーだな」

指先からビリビリと小さな雷《かみなり》を出す。

「ここに水魔法《みずまほう》を加える……などということはできない。誰かと魔法を掛《か》け合わせれば可能だが」

〝あっ！　確かに！〟

〝言われて気付いた。なんで気付かなかったんだろう……〟

〝そういえばソラって複数、何かと何かを掛け合わせてた!!〟

〝言われてみれば……！〟

「ソラは雷を糸に纏わせ、さらには呪層壁《じゆそうへき》を同時に展開していた。複合術式、とソラは呼んでおるが……あれは私の頭を以《もっ》てしてもよく分からないのだ。一体どんな頭をしていたら、あれほど複雑な命令文を組めるんだか……」

〝そう考えたら、ソラって凄《すご》くね？〟

〝頭平安狂《きよう》だから不思議じゃない〟

センが首を傾げた。

「なんじゃ？　そんな特別なことか？」

〝え？〟

〝え……〟

〝セン何か知ってるの？〟

「うむ！　あの戦い方は、帝《みかど》直属部隊から独立し、かの五星明會《ごせいめいかい》の一人となった安倍晴明と同じ戦い方じゃ！」

「……なんだそれは」

〝なにそれ……⁉〟

〝安倍晴明⁉〟

〝ガチの陰陽師の名前でてきた〟

〝ごせい、めいかい？〟

〝五星明會なんて聞いたことない〟

「ありゃ？　有名じゃあらんのか？　冗談《じょうだん》はやめい～、最強の陰陽師五人衆のことじゃぞ。それぞれの流派の開祖とも言われておろうて」

コメントが僅《わず》かに静まり返る。

誰も知らない内容で、それはすでに失われた知識であった。

「でも、よくよく思い出してみると、ソラの奴の戦い方は古臭《ふるくさ》かったのぉ。ありゃ、一番戦いが盛《さか》んだった頃よりも前の戦い方みたいじゃった。まるで陰陽師という名が出来たばかりの頃のような……まっ、儂はその頃に産まれておらんが！」

カッカッカ！　とセンが快活に笑う。

〝センもっと聞かせて聞かせて！〟

〝すげえ興味出る〟

〝グラビトの話も面白いけど、こっちも面白いぞ⁉〟

「本当か⁉　儂の話は面白いか⁉」

〝面白い！〟

〝陰陽師の話ってソラだとふんわりしてるから嬉《うれ》しいかも〟

〝今までこっち系統の話してくれる奴いないから新鮮《しんせん》〟

センの眼がキラキラとしていく。

「そ、そうか！　陰陽師は嫌いじゃが、お主らが知りたいのならもっと話してやろうぞ！」

そうして数分も立たないうちに視聴者の数も伸びて行き、動画サイトの急上昇《きゅうじょうしょう》ランキング1位になる。

「あっ……儂ばかりが話しても良いのか？　グラビト先生」

「私は構わん。センを視聴者に知ってもらうことも、私の役目だろうからな」

「……ッ！　うむ！」

笑顔でセンが軽く話し始める。

「確か、ソラの戦い方は……水命派、あれ？　泥沼《どろぬま》派？　あれ？」

〝センちゃん大丈夫《だいじょうぶ》か!?〟

〝急におばあちゃんになった〟

〝可愛いｗｗｗ〟

「うーん……すまんのぉ、視聴者たち。いかんせん、記憶《きおく》が千年前でな。あまり覚えておらんのじゃ」

〝大丈夫大丈夫！〟

〝ゆっくり思い出していこ〟

〝可愛いからヨシ！〟

「優《やさ》しいの！　うむ！　思い出す！」

しかし、その後のセンは一向に思い出すことができず、五星明會という名前だけが視聴者たちの印象に強く残った。

グラビトは今回のことを受け、配信終了間際《しゅうりょうまぎわ》に口を開いた。

「ふむ……そうだな。たまにセンの話をする場を設けて、私だけの知識披露会《ひろうかい》ではなく、お前の知識も話してみないか？」

「え⁉　良いのか⁉」

「好きなように話せ。視聴者もそれを望んでいそうだしな」

〝センちゃんともっと話したい！〟

〝やったー！〟

〝陰陽師系統だけじゃなくて、妖怪《ようかい》も聞きたい〟

「うむ！　儂もお主らのこと好きになったぞ！　もっと話そうぞ！」

ロリ天狗が満面の笑《え》みで、両手を掲《かか》げた。

「グラビト先生の威嚇《いかく》の真似《まね》じゃ！」

〝可愛い〟

〝可愛い〟

〝可愛い〟

〝可愛い〟

「コメントが壊《こわ》れた！」

＊

【御影アカリ&騎士王・ヴァルサルク～初心者冒険者講座～】


そのタイトルコールから始まった、アカリとヴァルを中心とした配信。

タイトルコールが恥ずかしかったのか、アカリが顔を逸らした。

ヴァルは楽しそうに、モノアイが笑っている。

場所は渋谷《しぶや》の近くにある【中層アルミダンジョン】というダンジョンで、中層までしか存在せず、さらに上層～中層にかけての魔物の強さも緩《ゆる》やかな変化しかない。

たとえイレギュラーが発生したところで、下層クラスの敵が出現する程度で、走って逃《に》げれば逃げ切れる、というなんとも間抜《まぬ》けなダンジョンだった。

だがそのお陰《かげ》もあってか、『冒険者まとめブログ、駆け出しの冒険者にオススメランキング』の上位に毎回食《く》い込《こ》んでいるほど、ダンジョンへ潜ったばかりの初心者にとっては嬉しい所だった。

かつてはソラもこのダンジョンに潜ったことがあるが、あまり盛り上がらないかも、と違《ちが》うダンジョンへ移動してそれ以降は通わなくなった。

そこに目を付けたのが神崎《かんざき》サクヤだった。

事前にこの場所で『御影アカリと騎士王・ヴァルサルクが武器の振《ふ》り方《かた》を教える』と人を集めるよう募集《ぼしゅう》をかけた。

集まった数は数十人程度、少ないと思うかもしれないが、それ以上は見きれないとサクヤの方で締《し》め切ったのだった。

その大半は、駆け出しの冒険者である。

「あ～、早く強くなりたい奴はこっち。ゆっくりやりたい奴はヴァルのところに行きなさい」

アカリが軽く振り分けする。

「お集まりいただいた冒険者の方々、今回は剣の振り方などをさせていただきたく……私もまだまだな身ではありますが、何卒《なにとぞ》よろしくお願いしますぞ」

ヴァルが口上を述べたのち、各々に剣を抜《ぬ》かせる。

「では、剣を振ってくだされ」

〝そういえば、意識したことなかったけど冒険者とかダンジョン配信者ってちゃんと剣の振り方とか知らない奴多いな〟

〝お前も知らないだろ〟

〝独自に流派とか作ってる奴もいるらしいぞ〟

〝確かに居た気がするわ〟

〝『旋風龍刃《せんぷうりゅうじん》！』みたいな技名叫《さけ》んでくるくる回ってる奴居たよな〟

〝wwwwwwwwwww〟

〝wwwwww〟

比較的《ひかくてき》、グラビトやセンの配信と比べて人に教えている過程があるせいでコメント欄《らん》は自由に会話していた。

〝ヴァルの話も面白いぞ〟

〝なんか俺と似てる特徴《とくちょう》がある奴いるな。あっ、話しかけた〟

〝身長低い人だな〟

〝すっげえ重そうに剣振《けんふ》るってるな〟

ヴァルがその人へ声を掛けた。

「その剣でも良いのですが、あなたは小柄《こがら》な体格をしていますから、剣よりも短剣《たんけん》の方が良いかもしれませぬな」

「え……？　短剣ですか？」

「ええ、ダンジョン内部では小回りの利《き》く短剣の方が良い場合がありますぞ。私はパワーがありますから、ダンジョンの壁ごと切り裂《さ》けますが」

ヴァルの切り裂ける、という言葉にドン引きされる。

「相手が自分よりも大きい魔物に対して、剣ではあなたの利点が活《い》かせませぬ」

「な、なるほど……利点……」

「ヒットアンドアウェイという戦法ですな。かなりの体力が要《い》りますが、運が良いことにあなたは剣を振るっていましたから、すでに体力が出来ている。短剣でその戦法をやってみましょうか」

「は、はい！」

次に、ヴァルが大剣《たいけん》使いの初心者に声を掛けた。

「ほお、私と同じくらいの大剣ですな」

「おう！　どうよ、俺も将来は凄い剣士《けんし》になるぜ？」

〝なんか自信満々〟

〝こいつ、体でけ～〟

〝初心者にしては確かに有望そう〟

「ですが、この講座に参加したということは何か困っていることがあるのですな？」

「そうなんだよ。それがよ、でけえ剣なんだが、斬《き》るのがどうも悪くてな。こうズバッと切れないんだよ。この大剣が悪いとは思うんだが、騎士王・ヴァルサルクの『断絶《だんぜつ》』みたいな技を教えて貰《もら》えねえもんかと思ってよ」

　それを聞いてヴァルが悩む。

〝大剣が悪いのか〟

〝あ～、なるほどなぁ〟

〝だから剣術《けんじゅつ》を習おうってことか〟

「なるほど……いえ、大剣は悪くありませぬぞ。なかなかに立派です」

「え？」

〝え？〟

〝え？〟

〝どういうこと？〟

「見ておりましたが、技がかなり力任せですな。金棒やこん棒などは使ったことはありますかな？」

「棒……？　いやねえが」

「せっかくそれだけの筋肉があるのに、勿体《もったい》ないですな。金棒を使ってみて、ダンジョンに潜ってみましょうぞ」

「お、おう……？」

〝なんか的確なアドバイスばかりしてる……〟

〝人に合わせてアドバイスを変えてる？〟

〝ヴァル偉《えら》いな～〟

ヴァルがそうしてドローンに視線を向けた。

「もちろん、合う合わないはありますから、まずはそれを探していくことが重要なのですぞ」

ヴァルのモノアイが赤く光る。

「視聴者殿《しちょうしゃどの》たちも、家の中でも簡単にできる適性検査なるものがありますぞ。それこそ、剣の振り方から教えますぞ」

〝これで訓練すれば誰でも冒険者が目指せるのか……！〟

〝俺もやってみよ！〟

〝俺、短剣の方が向いてるのかもしれないな〟

「あと騎士道なるものも教えて行きますぞ！　人に迷惑《めいわく》を掛けず、欲張らず、命を大事に！」

ダンジョンに潜るための必要な知識と、命を大事にしていくこと。

人に迷惑を掛けないこと、冒険者や配信者同士で助け合うこと。

「良いですか、それが騎士道に通ずる道ですぞ」

「「「はい！」」」

〝はい！〟

〝コメントでも元気に返事してる奴居て草〟

〝素直《すなお》かよｗ〟

〝俺は好き〟

ヴァルの方は上手《うま》く行っている一方で、アカリの方へ見に行く視聴者もいた。

アカリのはシンプルだった。

実戦形式で、アカリ本人との模擬《もぎ》戦である。

絶対に当たった、と思う攻撃であっても、しなやかに低姿勢で躱《かわ》される。

参加していた冒険者が驚《おどろ》く。

「うえっ⁉　これ躱せんの⁉」

「甘《あま》い」

模擬戦用の槍で腹部を貫《つらぬ》かれる。

「ほぐっ⁉」

「む、無理でしょこれ！」

「は、配信だとソラより弱いみたいな感じだったのに……実際にやってみるとめちゃめちゃ強い……」

汗《あせ》一つかくことなく、その言葉で不機嫌《ふきげん》になるアカリ。

「私が弱い⁉　違うから、あいつが異常なだけだから！」

〝確かに〟

〝正論で草〟

〝将軍ってめちゃめちゃ強いからな〟

〝容赦《ようしゃ》がない、流石《さすが》ぼっち〟

アカリが指をさす。

「良い？　敵は手心なんて加えてくれないわよ。死ぬ時は死ぬ」

甘さは捨てろ、と言われているのだと彼《かれ》らは思った。

「ソラの戦い方を真似しようなんて思わないこと。あんたらは、あんたらの戦い方を見つけなさい」

彼らはそれが、嘘偽《うそいつわ》りのない、自分たちへ対する言葉なのだと理解した。

「「「は、はい！」」」

それからダンジョンへ潜《もぐ》り、ヴァルが指摘《してき》した通りに実践《じっせん》し、それを実感していく初心者冒険者《ぼうけんしゃ》たちであった。

ヴァルの指導も評判がよく、授業を受けた人の練度をあげていた。

「金棒、振り抜いた時が気持ち良いじゃねえか……！」

「短剣いいかも……」

「動きが見える……！」

「将軍より遅《おそ》い！」

ある意味でスパルタなのもあって、相手はあの御影アカリよりも圧倒的《あっとうてき》に弱いという精神的な余裕《よゆう》が生まれていた。

そのことで、焦《あせ》らず冷静に魔物《まもの》へ対処することができていた。

それらを見ていた視聴者《しちょうしゃ》たちが各々《おのおの》にコメントしていく。

〝ダンジョン配信事務所『陰陽』って良いな〟

〝アカリの指導だと、精神を鍛《きた》えられるのか～良いな〟

〝確かこういう意見ってカツも教えられたよな〟

「ご安心あれ、カツ殿《どの》も次から特別講師として招きますぞ！」

〝カツとヴァルが講師の授業とか受けてみたいな〟

〝あの二人からの意見とか羨《うらや》ましすぎ〟

〝見てても勉強になりそう〟

〝絶対参加するわ〟

〝俺、アカリちゃんに殴《なぐ》られたい〟

〝なんか変態がいるんだけど〟

次の応募者数《おうぼしゃすう》が百人を超《こ》えることは、いうまでもなく目に見えていた。

配信終わりの余韻《よいん》で、コメントが流れていく。

〝陰陽って各々の役回りがすげえ良い感じで働いてて、役割分担がしっかりしてるよな〟

〝グラビトとセンちゃんは知識方面で視聴者にダンジョンや魔法教えて、ヴァルがダンジョン初心者向けで、実戦形式〟

〝言われてみればむちゃくちゃバランス良いじゃん……！〟
〝確かに！〟
〝グラビトの知識役立つからなぁ、知っててもおさらいになるし〟
〝冒険者なら絶対に見ておくべき、みたいな狙《ねら》いを作ってるのかもしれないな〟
〝むちゃくちゃ需要《じゅよう》あるからな〟
〝冒険者にならなくても面白《おもしろ》いから見る〟
そして、問題の配信が始まろうとしていた。
〝あれ……アオの配信って、何するんだ？〟
〝何が始まるんだ……〟
〝なんか嫌《いや》な予感がする〟
〝もうすでにタイトルだけで爆笑《ばくしょう》するかもしれんわ〟

＊

ここは御影アカリの家の屋敷《やしき》であった。
この前、アカリの屋敷へ出向いたアオは、すっかりアカリ家の鯉《こい》を気に入ってしまい、事あるごとに遊びに来ていたのだ。

アカリ本人からも配信の許可が下り、別にそれくらいなら構わないと配信を許してくれた。

【昔の遊び】

そのタイトルから始まった配信の画面に、アオの姿はない。

代わりに、優しそうな中年男性、ほっそりとしている割りには筋肉質な冒険者がいた。

伝説とも呼べるその配信の始まりは、榊原《さかきばら》カツからだった。

「こんにちは、榊原カツです。今回はアオの配信なんだけど、一応俺が保護者として出てるんだ」

〝保護者は必須《ひっす》〟

〝アオ単体の配信は不安だからカツさんが居てくれるの嬉しいｗ〟

〝ソラが保護者だったら収拾付かなくなりそう〟

〝アオソラ配信って名前になりそうだな〟

〝青空、みたいなね〟

「そこで今回は御影アカリさんのお家を借りることになってね……」

〝どういうこと？ｗｗｗ〟

〝え……将軍の家⁉〟

〝御影アカリの家で配信すんのかｗｗｗ〟

〝将軍もよくオッケーしたな〟

「でも、鯉が結構立派なんだよ～。日本錦鯉《にしきごい》っていって、緋紋斑点《ひもんはんてん》が綺麗《きれい》でさぁ、庭園も枯山水《かれさんすい》とかもあって、大層立派な庭園なんだ。それにこういうお庭は数少ないと思うから、見ても損はないと思うよ」

アオに代わって、カツさんが説明をしていく。

「日本の庭園って、あまり日本人でも興味がない人が多いんだけど、日本を代表する一つでもあると思うんだ。特に海外との違いで有名だよね」

日本と海外の庭の違いについて説明していく。

若者ですらあまり知らないようなことを、おじさん口調で続けていった。

「海外で有名な庭といえば、幾何学式《きかがく》庭園だけど、あっちって永遠や変わらない完成された庭が美しいって言われているんだよね。逆に日本の庭園は未完成が美しいって言われていて、四季に合わせて庭が変化していく。自然と共に生きる日本人らしさを表現していて素敵《すてき》だよね」

屋敷の縁側《えんがわ》を歩きながら、御影アカリの家の庭を紹介《しょうかい》しつつ、面白知識も披露《ひろう》していくカツにコメントが感心する。

〝カツさん詳しっ‼〟

〝流石カツさん〟

〝なるほどなぁ……〟

〝そういう観点で庭を見たことはなかったかも〟

〝言われて分かる庭の美しさ〟

「庭って一言で言っても、色々とあるからね。少しでもこういう機会で知ってもらえたら俺《おれ》は嬉しいよ～」

カツが微笑《ほほえ》んだ。

カツの熱狂的《ねっきょうてき》なファンであれば、その笑顔《えがお》にイチコロだろう。

〝アオはもしかしてこれを狙っていたのか……？〟

〝俺たちに庭の美しさを伝えようと……？〟

〝絶対違くて草〟

〝アオの配信であってカツの配信ではないぞｗ〟

〝これもはやカツの配信じゃねえかｗｗｗ〟

〝日本庭園を紹介しよう、とかいうテレビ番組でありそうな内容で草〟

〝テレビだったら絶対に見てるな〟
〝ここで『名店のお団子を食べます』とか食レポ始まりそう〟
そうして、カツの足が止まる。
「はい、そして池です」
〝池だな〟
〝池〟
〝アオの池〟
「アオの池ではないですね……」
〝アオの池ではねえなw〟
〝アオの池じゃないだろwww〟
配信の画面にはアオが映っておらず、ただ茫然《ぼうぜん》と池が配信されている。
〝本当にただの池配信が始まったwww〟
〝何もないwww〟
〝たまに鯉が映るくらい……？　なんだこれw〟
数秒、数分と時だけが過ぎていく。
〝でも少し安心したかも〟

〝池配信だからな、のんびりした配信で、ある意味需要あるだろ〟

〝これでたまにアオが出てくるって感じなのかな〟

〝あ～、ししおどし良い音するな〟

〝高級庭園〟

そうして、少し離《はな》れた場所で数人の年老いた人たちと遊んでいるアオが居た。

「あっ、カツ～」

〝アオだ〟

〝アオいた〟

〝本人の配信なのに、カツさんが主導で草〟

「入りからってことで、日本っぽいのをテーマに配信してみました。これからアオとの配信ですから、安心してくださいい」

〝あん、しん……？〟

〝安心って？〟

コメントに静かに目を逸らしたカツであった。

＊

そうして僕《ぼく》は、お手玉をして遊んでいた。

昔ながらの遊びに興味があったかと言われれば、正直遊べれば何でもよかった。

戦いは疲《つか》れるし、それほど好きではない。

ご飯の配信が難しいのなら、あとは遊ぶしかないのだ。

数人のおばあちゃんがいて、全員カツの知り合いだそうだった。

その人たちと一緒《いっしょ》にやりながら、カツに遊び方を教えてもらう。

「お手玉、うまくできない……」

カツが答えた。

男性特有の大きな手のわりに、器用に動かして見本を見せてくれる。

「最初はそうだよ。誰もうまくなんてできないんだ」

そうして、ぽんぽんと大事そうにかます型のお手玉の袋《ふくろ》を撫《な》でた。

「随分《ずいぶん》と古い袋、古い匂《にお》いする」

カツにそう指摘すると、鈴《すず》のような声で笑った。

「これはおばあちゃんが使ってた奴《やつ》でね。随分と昔から愛用していたようだよ。何度か破けたんだけど、そのたびに修繕《しゅうぜん》して使ってるんだ」

様子から察するに、おばあちゃんはもういないようだった。

「でも、一個しかない。お手玉は三つ欲《ほ》しい」

「残りは妹のところなんだ。お守りみたいなものだしね」

お守り。

カツの妹は病気と聞いた。つまり、それがよくなるお守りか。

「効果凄いの？」

「いや、効果なんてものはないだろうね」

「ないのに、なんで持ってるの？」

純粋《じゅんすい》な疑問だった。

効果がない物を持ち歩くなんて、僕にはあまり理解ができない。

玩具《おもちゃ》を持ち歩くとかならまだ分かるけど、それなら新しい物が良い。

「うーん……そうだなぁ……」

少し困った様子で、カツは悩《なや》んでいた。

「これを持ってると力が出る、これを見ると思い出す……とかってあるでしょ？」

小さく頷《うなず》いた。

「これは繋《つな》がりでもあるんだ。こうしてアオにお手玉を教えてあげているように、俺の時もおばあちゃんから教えてもらっていた」

　繋がり。最近よく、その言葉を耳にしていた。

「じゃあ僕も、カツのおばあちゃんと繋がったってこと？」

「そうなるね」

「つまり、僕はカツのおばあちゃんと知り合い」

〝否定ができない言い方で草〟

〝なんかいい雰囲気《ふんいき》っぽかったから黙《だま》ってたのにアオワールドが壊した！〟

〝アオワールド全開で草〟

　雰囲気を壊してしまったのかな、と不安を抱《いだ》いた。

　でも、カツは穏《おだ》やかな様子で笑った。

「ハハハ！　それもいいかもね！　おばあちゃんもきっと喜ぶかな！」

　カツが笑った。

　こんなにも楽しそうに笑うカツを、僕は初めて見た。

　僕は、人の繋がりというものをあまり理解していない。

　ソラはそれをとても大事にしているようだけど、僕はまだ何も分からない。

　でも、少し分かったことがある。

カツの持っているお手玉を見た。

効果がなくても、意味がなくても、そこにあるだけで安心できる物がある。

それが繋がり。大事なこと。

「……つまり、僕のソラマメブザーと一緒ってことか」

「うん、間違《まちが》ってないけど否定したい自分がいる」

〝カツさんｗｗｗ〟

〝カツさんが急に素に戻《もど》ったｗｗｗ〟

〝ほのぼのとしんみりした感じかと思えば、アオワールドが全部壊してくｗｗｗ〟

＊

ダンジョン配信事務所『陰陽』のメンバーが増えて、少し経《た》ったある日。

配信者としてのデビューは各々成功し、良い結果を残すことができた。

その彼らが、式神ズの作戦会議の名目で集まっていた。

ここに集まったのはアカリ、ヴァル、グラビト、アオ、セン達《たち》であった。

会場はもちろん、御影家である。

る？」

私が腕《うで》を組んだ。

「あんたら、何かとあればサクヤの所か私の家に来るけど……うちを公民館だと思ってる？」

ヴァルたちが言い訳のように口を開いた。

「私はこの図体《ずうたい》ですから、広い場所でないと入れないのです」

「この狸《たぬき》ボディで歩いていると、子どもにおもちゃにされるのでな」

「僕、お金ない。アカリの家は広くてお菓子《かし》出る。冷蔵庫どこ？　物色する」

「儂《わし》は遊びに来たぞ！」

事情は分からなくはない。

傍《はた》から見れば、全員が派手で異質だ。

何度見ても思うけど……こいつらってある意味ダンジョンのボスなのよね。

センは少し違うにしても、強さ的には最深部のボスに匹敵《ひってき》する。

ありえないことだが、想像をしてみる。

一人ずつならまだしも、この四人を同時に相手すると勝率はほぼゼロに等しい。

次にこの四人と同時に戦う人間や魔物がいるとしたら、相当可哀想《かわいそう》ね。

「それで、なんで主要メンバーを抜いてきた訳？」

センが自信満々にその理由を説明し出した。

「主要メンバーには相談できん事があるからじゃ！　アカリなら分かるじゃろうと思っての！」

ほう……。

彼らに相談できないから、私にってことね。

頼《たよ》られるのは嫌《きら》いじゃないわ。

「グラ～、そこのお菓子取って～」

「自分で取れ。この漫画《まんが》、面白いな」

「私は暖かいお茶の方が嬉しいですぞ」

頬《ほお》を引き攣《つ》らせながら言う。

「あんたら、今すぐサクヤに電話して回収してもらうわよ」

ピタッと我儘《わがまま》を言うのをやめた。

凄《すご》いわね、サクヤ効果。どんだけあいつが怖《こわ》いのよ。

サクヤの奴……いつも会議でこいつらをまとめあげていたのね……。

ここに主力のソラまで入ってくるとなると……やめよう、想像したら疲れそうだわ。

グラビトが本を閉じた。

「近頃《ちかごろ》、少しサクヤに頼りすぎだ、と思ってな」

私は背を伸《の》ばした。

「奴は私たちを配信者デビューさせたはいいが、その分だけ負担はこれまでの倍以上だ」

確かに……今まではソラとカツさんだけで良かった。

そこに私も加わり、もっと言うと式神も加わった。

総勢で七名の配信者を管理しているんだ。

これだけでも凄いことなのに、編集まで担当しているというのだから人間業《にんげんわざ》ではない。

天才と言われるのも納得《なっとく》だ。それを一番人間に厳しいグラビトですら褒《ほ》めて尊敬している存在……それが神崎サクヤだ。

ヴァルがため息を漏《も》らす。

モノアイが少し落ち込んでいるように見えた。

「ソラ様は誰《だれ》よりもいち早くそのことに気付いていたようでして、サクヤ殿の支え役をやっていたのです」

「あのソラが」

「はい、あのソラ様がです。サクヤ殿が帰る時間までいるようで、暗い時は『見送ってから帰るから、先に帰って』と言われてしまいまして……」

へぇ……！

意外だとは思わないものの、驚きはあった。

「ようは、気づいていたってことでしょ」

センが首を傾《かし》げた。

「ダンジョン配信事務所『陰陽』の本当の主力は、神崎サクヤだって」

「っ！」

「サクヤがいなければ、『陰陽』は成立しない。ソラがいなければ、それもそれで『陰陽』は成り立たない」

どちらが欠けてもダメ。

「まるで太陽と月ね」

口にして、スッと納得したような答えだった。

「僕も、編集やる。カタカタ～」

アオが何もない所でキーボードを打つ動作を見せた。

「あんたがやると機械ぶっ壊しそうだわ……」

不思議そうな顔をするんじゃないわよ。当たり前でしょ。

「サクヤの負担を減らすために、自分たちで色々とできるようにっていうのは分かったわ」

とてもいいことだとは思う。

私も出来るようになれればいいけど……機械はあまり得意じゃない。

体を動かしている方が得意だし。

「まぁ、サクヤに頼《たの》もうとしたら、それはそれで仕事を増やすものね」

「そういうことだ。納得できたな、赤髪娘《あかがみむすめ》アカリよ」

サクヤの負担を減らそう、というのは分かった。

「分かったわ。配信者として駆《か》け出しのあんたたちを支えてやるのも、先輩《せんぱい》の仕事だものね」

「先輩じゃとー！　儂より年下ではないかー！」

ぷんぷんとセンが怒《おこ》る。いや、あんたより年上の人なんかいないでしょ……。

納得してないなら仕方ない。

スマホを使い、数字を見せる。

「あんたらより、すこ〜し早くデビューしただけだけど」

【-陰陽-officer】御影アカリ/@mikage akari
登録者数——75万人

「っ⁉」

ヴァルたちが眼を見開く。

「す、凄いですな！　まだ一か月も経っていないはずなのに！」

「ソラよりは劣《おと》るかもしれんが……凄いな」

「登録者数を集めると、なんかあるのかのぉ？」

「下僕《げぼく》が増える」

「ほぉ！」

「おいアオ、適当なことを教えるな」

ついでに、彼らの登録者数も確認《かくにん》しておこう。

【-陰陽-officer】騎士《きし》王・ヴァルサルク/@kishiou varusaruku
登録者数――24万人
【-陰陽-officer】グラビト/@gurabito
登録者数――28万人

【-陰陽-officer】アオ/@ao
登録者数——18万人

「あんたらの合計で、70万人か」

結構凄い人数ね……！

正直、もっと低いもんかと思ってた……。

だって、デビューしてそれほど日にちも経ってないのに。

「ふ、ふーん……まぁまぁじゃない？」

驚きを気取られないよう、誤魔化《ごまか》してみる。

その隣《となり》でヴァルが、ショックを受けていた。

「ぐ、グラビト殿の方が……多い！　やはり狸！　女性人気ですか！」

「私の知識だ！　私の知識を聞くために、全員登録しているのだ！　断じてこの外見のせいではない！」

ほとんど誤差に近いとは思うけど……どっちも視聴者層が全く違《ちが》うし、競合しないからね。

サクヤもその点を分かっていて、人の分配もしたのだろう。

「僕、18万人の下僕がいる」

「それ、配信中に言っちゃダメよ」

いや、それでも18万人って相当凄い。

アオの狙っている層はよく分からないにしても、見ている人はいるということだ。

これはひょっとすると、時間が経てば全員……。

１００万人の登録者を持つ配信者になる。

そんなの普通《ふつう》じゃないわよ……めちゃめちゃ凄いことだし。

「ほぉ……人ってのは随分といるんだのぉ。ところで、ソラは何人いるのじゃ？」

喧嘩《けんか》をしていたヴァルたちが止まる。

ダンジョン配信事務『陰陽』の創設者にして、主力で主砲《しゅほう》、上野《うえの》ソラ。

バズった頃《ころ》は軽く１００万人を超えて、あれからだいぶ経つ。

あまり意識したことはなかったが、一体どれほどの……。

スマホを操作し、確認する。

緊張《きんちょう》が走った。

【-陰陽-officer】上野ソラ/@ueno sora
登録者数――――……693万人

「「「ッ!?」」」

その数字に顎《あご》が外れそうになるほど驚いた。

「やっば！」

「ヤバすぎるのではありませんか……!?」

「やはり化け物か……」

ソラがデビューしてから半年も経っていない。

それでこの人数だ。

私たちの数を足しても到底《とうてい》足りるものではない。

これが……『陰陽』の主力なんだ。

「あ～……やっぱりあいつ凄い奴ね。一緒にいると忘れるけど」

アオとセンはよく分かっていなさそうだが、無理もない。

ヴァルとグラビトの方が長く『陰陽』にいる分、それだけ配信の知識も多い。

確かにこりゃ、サクヤが居なくなったら大変なことになる。

240.000
180.000
750.000
280.000

ソラが凄くサクヤを大事にする理由が分かった気がした。

「私たちも、努力しないといけないってことね」

配信者で上を目指し、私の力を証明する。

「私も騎士道《きしどう》の在り方を、広めねばなりませぬな」

「手っ取り早い方法で、星の知識を授《さず》けているにすぎぬがな……」

「儂は妖怪《ようかい》の素晴《すば》らしさを広めるぞ！」

各々が配信者としての目的がある。

「……」

アオは何も言わない。特にないのかもしれない。

「せめて編集はできるようになるわよ！　ソラとサクヤを驚かせてやろうじゃないの」

私たちは手をあげて、団結した。

パソコン操作を勉強しながら、会話を挟《はさ》む。

「でもソラが、夜に見送りするほどサクヤを大切にしていたなんてねぇ」

あいつから色々とサクヤの話は聞いていて、仲良しだとは知っている。

「そのような話は知らなかったですぞ」

「大事にされてるわよね」

ソラはきっと、サクヤをクラスメイトであり、親友のように思っているのだろうけど。

グラビトがため息を漏らした。

「……ソラにとっては、おそらくだがアカリも特別だぞ」

グラビトの予想外な言葉に、驚く。

「えっ、なにそれ」

「ソラが言っていたのだ。アカリは昔の旧友と似ているとな。誰とは言わなかったが、アカリにだけは甘いのが分からなかったのか？」

「へ、へぇ～」

別に嬉《うれ》しくはないけど、少し気分が良くなる。

センが反応した。

やけに真剣《しんけん》だ。

「……アカリの顔は、どこかで見たことがあるのじゃ」

「そんな訳ないでしょ。あんたとはダンジョンが初対面よ。ま、ご先祖様が会ってるっていうなら、話は別かもしれないけど」

「……うむ」

何か物言いたげな様子だが、それ以上は踏《ふ》み込《こ》んでも私の知る由のない所だと思った。

それよりも、ソラにとってはサクヤも私も仲間だから大切なんだとは思う。

「でもあいつ、サクヤのことを本気でどう思ってるんだろ……」

そう自然と、疑問が浮《う》かび上がった。

「それは儂らにも分からぬことじゃ」

しまった、言葉に出ていた。

出てしまった物は仕方がない。

「そう？　あんたたちにも分からないんじゃ、後で本人に聞くしかないわね」

「違う。そういうことではない」

「え？」

「ソラは陰陽師じゃからな」

上手に理解はできないけど、センの言葉にはどこか重みがあった。

その場にいた者たちも、セン以外で理解していそうな人物はいなかった。

そして、空気が僅《わず》かに重くなる気がした。

今までの和気藹々《わきあいあい》とした空気ではない。

心臓の鼓動《こどう》が速くなる。

「儂はこの現代に来て、違和感《いわかん》を覚えた。サクヤは気づいておったようだがの」

思い出した。

サクヤは確かに、『ソラの言う陰陽師と、私たちの知っている陰陽師は何かが違う』と言っていた。

私はそんなことないって流していたけど……。

センはこの中で、封印《ふういん》されてたとはいえ、最も長く生きている存在だ。

そして、それは千年にも遡《さかのぼ》る。

「お前らの言う陰陽師と、儂の知っておる陰陽師は似ているようで決定的に違う」

思わず息を呑《の》んだ。

センがふにゃっとした顔をする。

「まぁ儂は陰陽師じゃないから、詳《くわ》しくはあらんが……現代の陰陽師はインチキっぽいのが多いのぉ～。幽霊《ゆうれい》がいた！　なんて適当なことを言いおって、全く」

「それ絶対なんかの動画見て勉強したでしょ」

センが溌剌《はつらつ》と前に出てきた。

「キッズ系はなかなか面白いぞ！　アカリも見るか！」

「み、見ないから……」

全く、何か期待して損したわ……。

てか、こいつが一番現代を謳歌《おうか》してる妖怪なんじゃ……。
気づいたら、スマホの使い方もマスターしてたし。
最近のちびっ子ってのは恐《おそ》ろしいわね……妖怪だけど。

五章【神崎サクヤ】

各々《おのおの》が担当する『陰陽《おんみょう》』の配信を終えて、パソコンを閉じた神崎サクヤは一息ついた。

スマホの時間を見ると、一般的《いっぱんてき》な夕飯の時間を過ぎている。

今日は珍《めずら》しく時間がかかっているな。人数が多いから、編集作業量も増えてしまう。

私はどうにも、ドローンや機械を弄《いじ》っている方が得意らしい。意外な発見だな。

まぁ編集も苦ではないから嫌いではない。

でも、一人でいくつもの配信を管理するのは流石《さすが》に厳しいか。

カツさんのような人が増えればいいのだが……。

最初はパソコンに不慣れのカツさんだったが、時間をかけて教えていくごとに、ちゃんと扱《あつか》えるようになっていた。

確か、カツさんが『タイピングサイトで練習したんだ』といって、かなり遅《おそ》いが上達もしている。

まだ一つの配信が限界のようだが、切り抜《ぬ》き作業や編集を自ら行っている。カツさんは自力で配信者もやっていけるな。

ソラは……難しい。スマホのチャットですら怪《あや》しいんだ。無理もない。ヴァルは手が大きすぎて無理。グラビトは動物だ。アオは……まぁいいか。

センの育成に時間をかけるしかあるまい。幸いにも、頭はグラビト並みに良いからな。

これでアオ枠《わく》だったら私が発狂《はっきょう》する。

「……帰るか」

迎《むか》えを寄越《よこ》す際は、いつも拠点《きょてん》にしている場所から少し離れた場所に呼んでいた。

正確な場所を知られたくないのと、ソラたちに神崎の名を意識させたくなかったからだった。

私はあくまで、みんなの前では普通の高校生でありたい。

月明かりに照らされ、生ぬるい風が頬をかすめた。

「あっ、来た」

「っ！　なんだ、まだ居たのか」

陰《かげ》に隠《かく》れていたせいで気づかなかったが、そこにはソラの姿があった。

ひょこひょこと一本の白い毛が跳《は》ねている。

お前は飼い主を待つ犬か。

「今日の配信はだいぶ人も多かったろうし、時間がかかるだろうなって」

ソラのニコニコとした表情が、私の疲れを和《やわ》らげてくれる。

「だから、こんな遅くまで待っていたのか？」

「サクヤ一人で夜道を歩かせる訳にはいかないからね。家まで送るよ」

気持ちが少しだけ高揚《こうよう》する。

こんなことで、とは思いつつも嬉しい気持ちが勝っていたのは事実だった。

「ふふっ、お前よりも安心できる用心棒は他には知らないな」

「でしょでしょ」

この世界が誇《ほこ》るダンジョン配信の中で、私はソラよりも凄い人を知らない。

何より、この私が上野《うえの》ソラを一番だと思っているんだ。

ソラと一緒に帰れるのなら、何も怖くはあるまい。

それから、途中《とちゅう》まで良いと伝え、夜道を歩いた。

まるで友人と一緒に下校しているような気分で、初めてその気持ちを理解できた。

高校生らしいことをしている、などと呑気《のんき》に考える。

「そういえば、明日は何時に集合しようか」

明日と言われて、何かあっただろうかと考える。

確か、ドローンの部品や配信で必要な機材を買いに行く手伝いをソラに頼んでいたんだ。

あの時は……何に緊張していたんだ？

冷静に状況《じょうきょう》を整理してみる。

男女と二人、買い物……デートのようなもの。

いやいや、色々と回ろうと思っていたから、人手が欲しかっただけのことだ。

馬鹿馬鹿しい。それを特別視してデートなどと……。

いや、どう考えてもデートだよな。

「どうしたの？　サクヤ」

「へっ⁉　なんでもない！」

ソラって、人気配信者だよな……。

それをたとえ事務所を一緒にやっているとはいえ、私が一日だけソラを独占《どくせん》していいのか。

こういってはなんだが、私は何かと苦労のない人生を歩んできた。普通の人が言う贅沢《ぜいたく》というのも体験はしてきたけれど、あまり贅沢だと思ったことはない。

だが今、私は人生で初めて贅沢を知ったような気がした。

僅かに声がうわずってしまうが、なんとか誤魔化すように呟《つぶや》いた。

「じゃあ、昼頃《ひるごろ》でいいか。ソラ」

「オッケー！」

＊

私は帰宅してから、自室のクローゼットを開けた。
そこで、ようやく自分の愚《おろ》かさを理解できた。
……参った。
失念していた。
「ドレスと制服……ジャージしかない」
なんだこれは。
前にソラの家へ行った時に着ていた服はあるが……同じ服を二度も着ていくのか？
これもかなり苦労して手に入れたが……。
「これしか持っていないなんて思われたら最悪だぞ」
それは避《さ》けたい。
かといって、買い物デートでドレスか？

この赤の……胸元《むなもと》開けすぎだな。よく私は今まで着ていたものだ。

ぽいっと投げ捨て、さらに悩む。

できることなら、前よりも可愛《かわい》い私服が良い。

可愛い、可愛い……と単語が頭で反芻《はんすう》する。

ベッドに飛び込んで顔を埋《うず》めた。

「うあああ！　分かるか～！　女子の可愛いってなんだ！」

もっとちゃんと調べておけば良かった！　私はなんと愚かなんだ！

手元にあるのはジャージである。

「……そもそも、女子高生の『可愛い～』などというものは作られた流行に乗っているだけで、所詮《しょせん》はお遊びに過ぎないんだ。そうだ、動きやすさと汚《よご》れても良いというジャージの方が素晴らしいじゃないか。悪いのは私ではない、世界の方だ」

理屈《りくつ》を並べ、自分に言い訳をしていく。

それで、デートでこのジャージを着ていくのか？

「ダメに決まっているだろう！」

ジャージを投げ捨てた。

「ソラが納得しても私が納得できない。私は神崎サクヤだぞ」

屋敷《やしき》の誰かに相談すれば用意してもらえるが……いやいや、それもダメだ。

用意させるのは良いが、相談はダメだ。

私がたかが服に悩んでいるなんて死んでもバレたくない。

たかが服ごとき……なんだって良いだろう。

スマホを開いて、ソラ汁《じる》を作った時に交換《こうかん》した連絡先《れんらくさき》を見る。

三人専用のグループ。

大神《おおがみ》リカ、御影《みかげ》アカリがいる。

アカリはある程度容姿も良いし、服のセンスもある。だが、流行にはあまり敏感《びんかん》ではなさそうだ。

そうなると……大神リカに頼るのは業腹《ごうはら》だが、それしかないか。

息を吐《は》いてから、パチパチとスマホを打つ。

第一声。

『問題が発生した。緊急《きんきゅう》事態だ』

即既読《そくきどく》が付き、大神リカと御影アカリからの電話が来る。

「……もしもし」

「問題って、何か起こったの⁉」

「サクヤさん！　どうしたんですか⁉」

思わず、スマホから耳を離《はな》した。

「二人とも同時に喋《しゃべ》るな。そこまで大きな問題じゃない」

というか、なぜ電話なんだ。

チャットで会話しようと思っていたのに……。

アカリが焦《あせ》ったように言う。

「人に頼ることを知らないあんたが、私たちに助けを求めてくるなんて相当の問題でしょ⁉　心臓が飛び出るかと思ったわよ」

おい、お前は私をなんだと思っている。

「サクヤさんが私にまで連絡《れんらく》してくれるなんて、凄く問題が大きいんだろうなって……」

二人の言葉を聞いて、半眼になる。

「私はそんなに人を頼っていないか？」

「「うん」」

………。

そうだったのか……。

そんな大きな問題ではないのだが……。

「……お前たちの私へ対する人物像を守るために、この電話を切っても良いだろうか」

「ダメ」

「もう逃《に》げられませんよ？」

失敗した、と頭を押《お》さえた。

ソラのことばかり考えていて、私のイメージ像を考えていなかった。

ここまで来て引き下がれば、それこそ恥《はじ》か……。

この二人に……ソラとデートをするから服を教えてくれなんて素直《すなお》に言うのか⁉

悩《なや》んで考えたのちに、ようやく言葉を絞《しぼ》り出す。

「その、実は……服がないんだ」

「服がない、ね……」

「裸《はだか》ってことですかね、アカリさん」

「かもしれないわね」

お前たち……絶対分かっていて揶揄《からか》っているな。

何か言い返してやりたいが、頼んでいるのはこちらなのだ。

詳しく説明もせずに『服がない』とだけ伝えるのは説明不足なのは間違いない。

「……一般的な女子が着るような服が分からないんだ。流行も知らないからな」

「意外ですね。サクヤさんなら、流行を調べて分析《ぶんせき》してしまいそうな気もしますが……」

「それで通用する相手なら、いくらだって分析するさ」

相手はただの一般人《いっぱんじん》ではない。

感性が常識に囚《とら》われず、服のセンスに止《とど》まらず、すべてが現代人とは違うソラなんだ。

なんで私が、こんなことをしてまで考えているんだ……。

アカリがポロッと爆弾《ばくだん》発言をした。

「通用しない奴《やつ》……あっ、もしかしてソラが出かけるって言ってた奴？」

思いっきり背筋が伸びた。

「な、なんでそれを知っているんだ⁉」

「ソラが言ってたのよ。今度サクヤと買い物行ってくるって」

「ソラさんとデートするんですか⁉」

「違うぞ！　で、デートではないからな！　これはあくまで配信に必要な機材を買いに行くのであって、決してデートという浮《うわ》ついた内容じゃない！」

必死に弁明し、スマホを額に押し当てるほど恥《は》ずかしい気持ちになっていた。

カ～っと顔が赤くなっているような感覚に襲《おそ》われながら、もうおしまいだ、と思う。

「言い訳しなくてもいいんじゃない？　ソラが前にサクヤが家に遊びに来た話もしてた

し」

「ソラァァァッ‼」

なんでも話しているじゃないか！

これからはソラに大事な話がある時は、絶対に最後に伝えよう。なんでも話してバラされそうだ……。

大神リカの意気消沈《いきしょうちん》した声音《こわね》が聞こえる。

「す、凄い進んでるんですね……」

「勘違《かんちが》いしなくていいからな。私とソラはあくまでビジネスパートナーだ。その関係からは一歩も踏み出してはいないんだ」

「……」

「だ、黙《だま》るな！　なんとか言え、大神リカ！」

なぜだ。私の口からは何も話していないのに、すべて暴露《ばくろ》されてしまったではないか。

こんなの想像とは違うぞ。

私の想像では……。

大神リカ『流行《はや》りこれとこれ！』プツン。

御影アカリ『流行り知らないけど可愛いのはこれ！』プツン。

こういう感じで、秒速で終わるはずだった。

だが、こうなっては仕方ない。

私はこう考えていた。

大神リカは……もしかしたら、ソラを好きなのではないかと。

Pooverへの誘《さそ》いをしたのも、きっと大神リカからのはずだ。

それを横取りしたと彼女《かのじょ》が考えていても、不思議ではない。

命が危ない所を助けられたら、誰だってソラを好きになる。

私をあまり好きではなく、断ることも――……。

「良いですね!!　じゃあ最高に可愛い服着て行きましょう!!」

「えっ、ええ!?　良いのか？」

「当たり前です！　お節介《せっかい》リカ出陣《しゅつじん》です！　ビデオ通話に切り替《か》えますね！」

意外だと思った。

いや、もしかしたら……これが大神リカの本質なのかもしれない。

彼女は根っからの優《やさ》しい人間なのだ。

「あと私はリカで良いですよ！」

「あぁ……リカ、頼む」

その会話を聞いていたアカリが疑問を口にした。

「でも、ソラって何が好きなの……？」

分からない。その結論はすぐ出た。

「ソラ本人も、ただ遊びに行くという感覚だろうな。それは別にいい。お洒落《しゃれ》がしたいのも私の勝手だからな」

「勝手じゃないです。ソラさんには美的センスを磨《みが》いてもらわないといけませんからね」

「あんた、どうしてさっきからそんなにやる気に満ちているのよ」

「楽しいじゃないですか！　女子で通話しながら服のお話するのって！」

そうして一般人目線として、アカリは服の裁定をすることとなった。

リカたちはかなり夜遅《よるおそ》くまで付き合ってくれて、なんとかお洒落な服を決めることができた。

＊

次の日、大型ショッピング売り場。

それからソラと約束していた休日に、私は見繕《みつくろ》った服を披露《ひろう》してみせた。

「ど、どうだソラ……?」

リカたちによると、私はスタイルが良いのだとか。

凛《りん》としている雰囲気《ふんいき》も残しつつ、可愛い感じが似合っているとも言われた。

夏コーデという奴らしいのだが……本当に似合っているのだろうか。

こういうことになると、私はポンコツらしい。

「似合ってるね！」

「そ、そうか……！」

内心で小さくガッツポーズしながら、心を落ち着かせる。

「それでソラ――……」

「ほぉ〜、ここが大きなお店か。今の時代は凄《すご》いのぉ〜」

ロリっ子衣装《いしょう》を着たセンが、そこには居た。

「なんじゃ、サクヤも珍しく可愛い服を着ておるではないか」

「ごめんサクヤ。アオたちは山へ遊びに行ってるんだけど、センはこっちの方が興味ある
みたいで……」

「そうか……いや、良いんだ。構わない」

今日は私とソラの二人きりではないのか。

いや、何を期待していたんだ。元々はただの買い物だ。

リカたちに選んでもらった服をソラに見てもらっただけでも十分じゃないか。

「よし！　儂《わし》はあそこに行きたいぞ！」

おもちゃ売り場を指さしている。

「違う。今日はこっちだ」

「嫌《いや》じゃ！　儂はこっちが良――――わ、分かったのじゃ！　その怖《こわ》い顔をやめろ！」

道案内がてら私が先行した。

後ろでソラとセンが会話をしている。

「ほら、セン。手を繋《つな》がないと迷子になるよ」

「うむ」

「あっ、飴《あめ》食べる？」

「うむ」

ソラがニコニコしながらセンの面倒《めんどう》を見ていた。

……甘《あま》やかし過ぎではないか⁉

あれではまるで、私と一緒《いっしょ》にいるよりも、センといる方が楽しいみたいじゃないか。

＊

俺《おれ》は不機嫌《ふきげん》そうなサクヤに悩んでいた。

「サクヤ、なんか怒《おこ》ってる？」

「うむ？　儂には全く分からんが……いつもと表情が同じじゃ」

「いや、いつもと全然違うよ」

目を瞑《つぶ》って唸《うな》る。

「さっきも凄く楽しそうにしてて、でも今度は少し怒ってて……うーん？」

「ソラはよく分かるのぉ」

「サクヤの傍《そば》にずっと居たからね。最近疲《つか》れが溜《た》まってそうだったから、元気になればと思って色々と考えてきたんだ」

俺はいくつかのプレゼントを用意していた。

「確かにサクヤは、表情があまり変わらないかもしれない。でも、よく見るととっても感情豊かなんだよ」

学校では他のみんなが怖がっていたり、近寄りがたい雰囲気があるかもしれない。

でも、その内側はとても綺麗《きれい》だ。

「どうやったら楽しませられるかな……」

でも、サクヤの笑いのツボは知らないな……。いつも俺が自然体でいると、笑っているのはたまに見るけど、自然とやってるだけだしなぁ。

「うーん……」

「ソラよ、あれならばどうじゃ？」

「あれって？」

センが教えてくれた先に、大きなゲームコーナーがあった。

「【将棋《しょうぎ》ゲーム】……？　賞品が――」

＊

機械コーナーで、サクヤは部品を見ながら呟く。

「ドローンの部品はこれを流用すればまた精度が上がりそうだな。ボタンはタッチパネル式よりも、押し心地《ごこち》がしっかりある方がソラたちも使いやすいか……」

ポンポンと値札も見ずにカゴへ入れていき、会計を済ませる。

そこでようやく、自分の後ろに誰《だれ》もいないことに気づいた。

「……いない」

ムスッと半眼になる。

私を置いてどこに行ったんだ。

周りを見渡《みわた》して、ようやくソラの姿を見つけた。

何やらゲームをやっているようだ。

「全く……何を遊んでいるのかと思えば……ん？」

歩いて近寄ると、ゲームの正体が分かってくる。

【将棋ゲーム】……？　ゲームコーナーのたまにやっているイベントか。

将棋をしている対面の相手は、中学生か高校生くらいに見える。結構強そうだ。

「あっ、まずいのじゃ！　ソラ、サクヤにバレたぞ！」

「何かバレたらまずいのか？」

私に隠れて二人で仲良く遊んでいるようだな。

ぐぬぬ……といったような面白《おもしろ》い顔をして、ソラが悩んでいた。

なんでそんな面白い顔ができるんだ。

「サクヤァ……勝てない……将棋って難しい……」

「お前……ほとんど将棋なんてできないだろ」

「うん。分からない」

本当に世話が焼ける奴だ。

これで勝っていくと何か賞品が出るようだな。それが狙《ねら》いか。

「代わるぞ」

戦況《せんきょう》を確認《かくにん》すると、ギリギリも良い所だ。

ほとんどストレートにやられていて、あと何手かで詰《つ》みが確定するじゃないか。

ソラ陣営《じんえい》は玉の逃げ場《ば》がなく、先方から迫《せま》る敵に為《な》す術《すべ》がない。

飛車も角も取られている。

観戦していた人々と、対戦相手からも声が聞こえる。

「こりゃ、もう終わりか」

「この戦況をどうにか出来る訳ないな」

「無理でしょこれ」

確かに、首に刃《やいば》が迫っている状況で何とかできるはずがない。

ソラに単体での性能に圧倒的《あっとうてき》だ。

実際にそんな状況でも覆《くつがえ》しうる可能性を持っている。

私にはない才能だ。

「サクヤ」

私の隣《となり》で自信たっぷりに、応援《おうえん》するソラが居た。

その眼は、私が負けることなど微塵《みじん》も考えていない。

ソラにはなくて、私にはある才能。

その期待に応えずして、ソラの隣に立つ資格などない。

全体の指揮において……戦略において私が負ける道理がない。

どんな状況からでも勝ちへ導く。

それがダンジョン配信『陰陽』の参謀《さんぼう》だ。

パチンッ――――！

強く指す音が響《ひび》いた。


圧倒的劣勢《あっとうてきれっせい》から逆転した私へ、周りから拍手《はくしゅ》が漏《も》れていた。

「サクヤ、強い！　流石だ」

「当たり前だ」

ボソボソと声が聞こえる。

「両端《りようたん》がほとんど死んでると踏んで、中央突破《とっぱ》で潰《つぶ》して勝った……すげえ……」

「守ってからの攻《せ》めが半端《はんぱ》ない……」

「なんだあの人……めっちゃ美人だし。プロか？」

センも「ほぉ、見事じゃの」とルールを何度も確認しながら棋譜《きふ》を見ていた。

「サクヤのお陰だ～」

「いや、違《ちが》う。私一人の勝利じゃない」

この勝利は、私一人で得られたものではない。

「ソラが最初に指していたから、相手がかなり油断していた。そのお陰で浮き駒《ごま》が多くて勝てたんだ。混乱して悪手も指してくれたしな」

単純なことだ。

私一人では、もっと大変だったかもしれない。

「結局、私とお前は、お互《たが》いに一人では何もできないのかもしれないな」

才能が近くもなければ、同じでもない。

全く違う、極端《きょくたん》な才能を持つ者同士。

何度も何度も、それを再確認しては嬉しくなる。

「それで？　なんの賞品が欲《ほ》しかったんだ？」

あんな表情をするんだ。

相当欲しかったんだろうな。

そうして賞品を読み上げた。

「野菜ジュース一年分……？」

「その……サクヤって、ずっとエナジードリンクばっかり飲んでるから、健康に気を遣ってもらうにはこれが良いのかなって」

「そんなことのために、あんな変顔をしてまで頑張《がんば》っていたのか？」

「うん。えっ、変顔？」

ゆっくりと、こみ上げてくるように口元が緩《ゆる》んだ。

「ふ……ふふっ、あははは！　お前、そんなことのために必死になっていたのか！」

センが口を大きく開けていた。

「サクヤが、笑いおった……初めて見た」

「笑うだろう、こんな面白いことがあるか」

野菜ジュースくらい、言ってくれれば自分で買って飲むのに。

本当に面白い奴だ。

面白くて、優しい奴だ。

「そうだな。お前がそう望むならこの賞品を取って、野菜ジュースにしようか」

アカリやグラビト達《たち》にも心配されていたからな。

そろそろ何とかしなくては、とは思っていたんだ。

「セン、カフェインの代わりにお前には頑張ってもらうことになるぞ。私の作業効率が少し落ちるからな」

「うむ！　任せい任せい！」

ドヤ顔で、センが仁王《におう》立ちしている。

しっかりと教《おし》え込《こ》むからな。

ソラが何かを取り出した。

「あと、これを渡《わた》したくてさ。今日のお出かけに間に合うように作ったんだ」

「……護符《ごふ》？」

「よく眠《ねむ》れる奴だよ。悪夢とか見ない！　快眠《かいみん》間違《まちが》いなし！　特製品だから、効果は抜群《ばつぐん》だと思うんだ。サクヤがよく眠れるように……たまに目の下にクマを作ってたからさ」

咄嗟《とっさ》に目の下を触《さわ》る。

そんなところまで気づいていたのか。

初めてだ、そこまで気づかれたのは。

あぁ、嬉《うれ》しい気持ちが湧《わ》いてくる。

なんだ、さっきまで怒っていたのは、そういうことか。
ソラが私を見てくれていないことに、怒っていたんだ。
何を怒ることがあったんだ。
こんなにも、ソラは私を見てくれているじゃないか。
どうしようもなく、それが嬉しくてたまらなかった。
「今日は、とても気持ちよく眠れそうだ」
自然と笑《え》みが零《こぼ》れていた。

あとがき

三巻のご購入、ありがとうございます。作者の昼行燈です。

今年は三月に一巻が発売し、そこから六月に二巻、十月に三巻と、かなりのハイスピードで刊行させていただくことができました。

こうして三巻が発売することができたのも、読者の皆様と関係者の方々のお陰です。

この短い刊行ペースで、イラストを了承していただいた福きつね様には、本当に足を向けて眠れません。一巻二巻、そして三巻と本当に素晴らしい表紙を書いていただきました。本当にありがとうございました。


本作『ダンジョン配信者を救って大バズりした転生陰陽師、うっかり超級呪物を配信したら伝説になった』第三巻、いかがだったでしょうか。

一巻、二巻と同様に配信でバズる光景を書きながら、より深く物語が進むようにお話を考えていました。

千年天狗ことセンは、その筆頭ですね。彼女の扱いはWEB版と書籍版で、能力が違ったり、設定を変えています。

彼女が登場したことで、転生後のソラが知りえなかったこの世界における陰陽師のお話が語れるようになりました。

よく『これは陰陽師じゃない』と言われるのですが、まさにその通りで、オリジナルの陰陽師要素がたくさん入っています。元々作者は陰陽師が好きで、映画や漫画、それこそ文系を進んでいたものですから、多くの情報を学びました。

ですが、どうにも書きたいお話と実際の陰陽師を重ねると、内容の軽さが出ず、バトル要素としても分かりづらさがありました。時代考証を重要視するよりも、誰が読んでも楽しいと思えるお話こそが、ライトノベルであるべきだと、本作で実現させた形になります。

例えで出すなら、平安時代では靴下は襪（しとうず）と呼ばれていて、姿形も現代とは異なります。そういった所は、靴下と統一して分かり易くしてしまった方が良いだろう、と考えた訳です。

そこら辺をとても上手に表現してくださったのが、コミカライズを担当してくださいました、ＹＯＵＴｗｏ先生です。

１話でも、ソラが烏帽子を被っていないことを恥ずかしがる仕草やノーパン扱いしていることに大変笑わせていただきました。

こういうやり方もあったんだなぁ、としみじみと噛みしめながら読んでいます。やはり、小説でもそうですが、漫画でもコメントが流れると読み味が全く違いますね。凄く面白いです。

少し脱線しましたが、センのお父さんは阿修羅天狗ですが、初期の設定だと阿修羅天狗はソラが討伐した、ということにしようとしていました。だが、これは重い話になる、と考えたため、没になりました。ソラ自身はセンとの関わりはなく、特別、確執もない三巻の内容になった次第です。

そのお陰もあってか、近所の優しいお兄ちゃんみたいなポジションに落ち着いて、ソラとセンの関係は良好になっています。

センは阿修羅天狗の子どもということもあって、才能を大きく買われていました。そのこともあり、幼少期から早く一人前の大人にならなければ、と強迫観念を持ってました。そうして、自分の姿を大きく見せ、性格も変え、自分は強い子であると証明したかったのです。ですが、封印されて現代に帰ってきたことで、センを縛る者やしがらみがなく、自由に生きても良いのだとソラに教えてもらいました。

千年もの時を超えて、ようやく子どもらしい素のままに暮らすことができるようになったのが、今のセンです。

センは意外と賢く、ポジション的にはサクヤとグラビト側になります。漢字や数字も、勉強をすればすぐに覚えることができるでしょう。

もしかすると、四巻では小学校に通い始めるかもしれませんね。

センが配信者としてどうなるのか、妖怪という存在をどうしたいのか、どのように現代に適応していくのか……その様子も、今後の楽しみとして追って頂けると嬉しいです。

三巻のメインの内容は語ることができましたし、細かい所としては、ソラの登録者数が判明したり、五星明會というものが出てきたり、ソラとサクヤの関係が発展したりとかなりお話も進みました。

もしも次巻が出すことができたら、ここら辺も掘り下げていきたいところです。

長々と本作を語る昼行燈に付き合っていただき、ありがとうございました。まだまだ皆様とお話したいところですが、無限に書き続けるのでここら辺でおしまいにしたいと思います。

それでは小説やコミカライズで、ソラと一緒にまたお会いできるのを楽しみにしております。

今後とも、『ダンジョン配信者を救って大バズりした転生陰陽師、うっかり超級呪物を配信したら伝説になった』を、よろしくお願い致します。

HJ文庫 https://firecross.jp/
1192

ダンジョン配信者を救って大バズりした転生陰陽師、うっかり超級呪物を配信したら伝説になった 3

2024年10月1日　初版発行

著者――昼行燈

発行者―松下大介
発行所―株式会社ホビージャパン

〒151-0053
東京都渋谷区代々木2-15-8
電話　03(5304)7604（編集）
　　　03(5304)9112（営業）

印刷所――大日本印刷株式会社

装丁――木村デザイン・ラボ／株式会社エストール

Printed in Japan

ISBN978-4-7986-3644-3　C0193